U0908357

请问101在哪里？

一个北京女学生的爱台湾游学记

张昊 著

译林出版社

海角七號拍攝景點
-阿嘉的家-
來自東瀛的友子在國境之南遇
上了真愛阿嘉，異國情緣的浪
漫，迸發在恆春鎮內光明路的
小閣樓上，現實生活難以成就
的愛情，更勾起人們的憧憬與
想像。就這樣，原本不起眼的
一間舊閣樓，成了現代男女追
尋的秘密境地，為了追求這份
純粹的愛情，位於光明路九十
號成為愛情的朝聖地，情人湧
入場景中男主角阿嘉的家，盼
望也能嘗到愛情的甜美和幸福
。真愛能跨越時空，凝練在一
封信、一塊磚、一串珠之中，
或喜或悲，是歡是愁，深鎖在
每個人心底的一處角落，一個
僅屬於你和她之間的故事···
Hi there!

LOVELY
TAIWAN

奔驰在路上，天上的云在路上投下影子，
飞快地飘然而去，这是我第一次知道，云也有影子。

好像台湾人不着急，也很好脾气。
每天听到好多句“谢谢”和“不会”，心情都是好的。

喜欢上台湾，并非这里有灯红酒绿的都市或者摄人心魄的美景，
恰是这一个个生活中的小细节，打动心底最柔软的地方，令人一见倾心。

请问
101
在哪里?

Panasonic

目录

01 序章

台湾，我来啦！

北京，中国传媒大学

北京已是深秋，树枝光秃秃的，天很阴沉，有下雪的迹象。

“咚咚咚”有人敲门，原来是丁丁。丁丁是我斜对门宿舍的女生，和我一个班。她胡乱扎着头发，握着几张纸：“你知道交换生的消息吗？去台湾，咱们一起申请吧。”

台湾？这是个既熟悉又陌生的地方，每天全国天气预报都会播台北，但除了阿里山、日月潭，我对它几乎一无所知。噢，还有电视里吵吵闹闹的党派，开个会都能扑到桌子上打架。

我有点儿纳闷儿：“为什么打算去台湾？”

“看，我们这边的课已经上完了，剩下的一年半是空闲时间，实习和写论文也用不了那么久吧？去台湾呢，学知识还能长见识。而且吧，要不是这样的机会，咱们哪能那么容易去台湾自由行啊。”

“那……贵吗？”

丁丁抽出一张纸：“按平均汇率算，如果你不买什么奢侈品的话，全部加起来五万（约合二十二万新台币）就可以。我可是房奴的女儿，我妈都同意。”真是好学生丁丁，永远把准备工作做得那么详细。

“嗯，那你让我想想，要是去的话我和你一起申请。”

“好嘞，快点儿哦。”丁丁裹了裹大披肩转身回屋。

犹犹豫豫地给爸妈打电话说这事，没想到他们一口答应了。父母总是这样，只要是对学习进步有好处的事，他们一定大力支持，钱是次要的，可怜天下父母心哪！

忽然想到一个人，甜甜，我的发小，上学前我们就认识，现在住我宿舍楼上，她曾经提过去台湾的事。打电话给她：

“甜甜，你这学期会去台湾交换吗？”

甜甜声音懒洋洋的，大概还在被窝里：“嗯，你要是去我就去。”

就这样，我们三个仓促地决定去台湾世新大学交流一个学期。打印出一堆表格，忙忙碌碌跑了许多办公室，盖了许多章。几乎每天都在北京凛冽的寒风中奔波，体检、办签证、汇学费、订机票，直到拿到护照和通行证，才惊觉我是真的要去台湾了。

班里有同学问我：“去台湾有没有很激动？”

我一点儿都不激动，这跟去趟福建、广州有什么区别？要是让我去欧洲、美国之类的，那才会激动吧。

几个男生嘻嘻哈哈地叫唤：“收复台湾的任务就交给你和丁丁了！党和人民相信你们！再不收复，志玲姐姐就老啦。”这群家伙，也不知道他们是爱江山还是爱美人。

我对于去台湾这事淡然得很，倒是我那念高中的表妹兴奋不已：“大姐，你要去台湾啦？真的吗，真的吗？那你一定要学会台湾话啊，回来教我！”

上个学期他们年级转来两个台湾学生，据说男生上台自我介绍，一开口那“港台腔”让他们惊奇不已，把那群小屁孩儿稀罕得不得了。轮到女生介绍，只一句又甜又软的“大家好”就听得台下哇声一片，一众人不论男女统统酥倒在课桌上，更有心神荡漾者做捶桌挠墙状。从此，他们班男生树立起一个远大的目标——长大娶个台湾老婆！

表妹说起这事就一副心驰神往的模样，在她看来，我这次可以取得真经传授给她了。

丁丁那边也接到不少任务，她的朋友们列了很长的单子给她，都是些大陆买不到的东西，什么书啊，盘片啊，化妆品之类，丁丁很惆怅：

“这些东西，比我的行李都重。”

我们还头脑空空地没给台湾之行做任何打算，亲朋好友倒是给安排好任务了。

飞往台北的机票是二月十四日情人节，回程机票是七月一日党的生日。

台湾，我来啦！

Dear 大牛：

认识你这么久也没有写过一封信，总是打电话或者发短信。我决定去台湾之后经常写信给你，听起来是不是有点儿怀旧的浪漫？

特别是还盖着台湾的邮戳，漂洋过海送到你手里，多年之后再翻看这些信，应当会有温暖的回忆吧。

去台湾不是件容易的事，自由行限制条件很多，交换生也是。好在我们学校和世新大学是签约学校，我才能有这样的申请机会。要办的手续也很复杂，体检要验HIV，要同时持有证件和通行证，要买好回程机票才可以回大陆，机会只有一次，也就是说我只能等到学期结束才能回大陆……这比去很多国家都麻烦吧？

我想台湾应该和咱们的南方差不多，据说很多客家人都是福建那边过去的。可是我也很担心遇上“台独分子”哎，他们游行示威还挺可怕的，你说我还是共产党员，呃……会不会被他们冷眼相待？

也不知道那里气候怎么样，我该带什么衣服呢？估计和深圳差不多，或许也是个温暖的冬天。

那就等我四个半月后从宝岛回来，我们夏天再见喽！

Les Agapanthes 1914-1917
Musée Marmottan Monet, Paris
©Bridgeman Giraudon
Musée Marmottan Monet, Paris
Soleil Impression
臺北市立美術館
大陆居民
往来台湾通行证
台北文山区木栅路世新大学

PAR AVION
100176

R RA 047 62260 9 TW

国名)

号40号402室

大學郵局
03.11-12
甲1
N.R.O.C.
中華民
REPUBLIC
POSTAGE
SN 047956

请主管机关对持证人予以通行的便利和必要的协助。

大陆居民往来台湾通行证 T02982046

姓名
张昊
ZHANG HAO

性别
女

出生日期
1986年03月29日

身份证号码
41060319860329XXXX

有效期至
2016年01月23日

签发地点
北京

签发日期
2011年01月24日

68137696

D<CHNNFMFOKLL<<<<<<<<<<<<<<<<<<XXXX<<<<<<<<TAF

T029XXXX62CHN86032XXXX6012XXXX20XXXX<<<<<<<XX

区

山区世新大学张昊

喜欢的莫奈
与你分享!
是灿烂的
有甜美的

4050082

ression.com

02 初到台北

台湾女生超嗲哎，
那声音就像温热的蜜糖。

深坑子

在通往北京国际机场大门的扶梯上，我和丁丁抖抖索索挤成一团。北京的早晨实在太冷了，这会儿大概有零下十六七度吧。我们猜测台湾的冬天应当是温暖如春的，就没有穿也没有带冬装，出门的时候把能套的单衣单裤全套在身上，这样一来可以避免行李超重，二来保暖。丁丁连丝袜都穿在了里面。我们俩活脱脱两个米其林小人的模样。

丁丁却仍是冻得嘴唇发青，吃力地吐出几个字："我、受、不、了、啦。"

我瑟瑟发抖地给她打气："坚持一下，进了机场就暖和了。"其实支持我的信念是，前方有一个暖洋洋的台北在等待着我们。

经过三个小时的飞行，飞机徐徐降落在桃园机场。从窗户望出去，却不是我期待中的那种椰林树影、阳光灿烂的南国风光。情人节的桃园细雨蒙蒙，笼罩在一片淡灰色的氤氲中。

我心里哀叹，真不巧，怎么刚到就碰上下雨，这样搬行李太不方便了。我的潜意识还没有跳脱北京的气候特征，北京两三个月不下雨都不奇怪，在学校买把雨伞，一个学期也没拿出来过几次。我没有意识到这里是雨水丰沛的地方，下雨根本不是什么小概率事件。

夹在人流中挤挤搡搡地往外走。“哎，你看。”丁丁用胳膊碰碰我。我抬头一看，哦，是出关口，再一看，一边排着长龙般的队伍，牌子上写着“外国人士入口”；另一边零零散散没有几个人，牌子上是“本国居民入口”。

“你说，我们是要走哪边啊？”别说丁丁纳闷，我也犯了愁。我们不是一个国家的吗，应该走本国居民入口才对，可是那些人拿的却是“中华民国”的“护照”，和我们不一样。难道要走外国人士入口？我怎么就出国了呢？我不是外国人啊。站在那儿，一时无措，不知道该抬左脚还是右脚。

最终还是别别扭扭地跟着其他外国人士入关，验证、盖章，审查的大叔例行公事地上下打量我一番，我回他以如炬的目光，狠狠地盯着他看，心里咆哮着：我不是外国人我不是！奈何大叔并没有感应到我心中的怒吼，“砰”地盖了章，一挥手放我过去了。

机场大厅里“世新大学”紫白相间的校旗格外显眼，学校的几个工作人员在迎接我们，她们身材娇小，笑眯眯的，长得像台湾电视剧里面的人。她们忙着清点交换生人数，但总是一会儿这个去上厕所，一会儿那个去办手机卡，这个回来了另一个又跑去领钱，几十个人稀稀拉拉总也到不齐。我都等得不耐烦了，她们却仍是笑眯眯的:“不着急，把东西都带好。”莫非台湾人都这么好脾气?

雨越下越大，公交车直接载我们到世新会馆。虽然我们几十人都交换到同一所学校，但此时却还不认识，因此一路无话，都默默地看窗外的风景。低矮的楼房，成片的稻田，连绵的远山。我一直期待看到台北市区繁华的景象，可连一座高楼都没看到，就这样沿着溪流、竹林一路开到山上，世新会馆到了。

我的天，我们竟然住在山上！这应当是在某某县某某村子里面吧。想到不远千里来台湾，却住得如此偏远，连市区都难得一见，

心不由得凉了一半。

悲惨的还不止这些，工作人员说因为每个房子大小格局都不一样，所以房间号是随机决定的。很不幸，我分到的那间说是火柴盒都不为过。过道勉强放得下一张椅子，如果室友要上厕所或者用冰箱，我必须坐到床上让道。而且，房间连窗户都没有，终日见不到阳光。刚到台北的激动心情就这样被一瓢冬雨给泼灭了，拔凉拔凉的。

丁丁也不开心，她不想和陌生人住在一起，可我分到的房间……根本没有人愿意和我换屋子。我也不愿意让她放弃带阳台的朝南的屋子，来和我挤这小黑屋。我俩默默地坐在床头，行李也懒得收拾。

“对了，”丁丁忽然想起来什么，“你打电话给前台，看有没有多余的屋子可以调换。”

我拨通电话，那边传来极其柔软甜美的声音：“您好，请问有什么可以帮您的吗？”哇哦！超嗲哎。我捂住话筒，对丁丁做出“Oh, my God”的嘴型。那声音就像温热的蜜糖，一股脑灌下去，通体都融化掉了。丁丁见状不由分说抢过来话筒，故作镇定和前台嗯嗯啊啊讲了半天。她挂掉电话，尖叫着扑倒在被子上：“额滴神哪，大爷我受不了啦。”我俩的阴霾心情一扫而光，两眼放光盯着电话：“怎么样，要不再打一个？”完全忘记前台告诉我的换宿舍日期了，明天？后天？还是下星期？此时，我一下子理解了表妹想要取得真经的急迫心情。

好在换宿舍很顺利，我也调到了宽敞明亮的大屋子，丁丁阴差阳错地和甜甜换到了一间宿舍。她们一个是我的同班同学，一个是我的发小，两人之前完全不认识，此时却相见恨晚，臭味相投到直接无视我的存在，成为一对同居密友。我们的台湾生活，就在这绵绵细雨中拉开了帷幕。

Dear 大牛：

台湾和我想象的很不一样。

在台湾银行换钱，把那些毛爷爷换成一沓孙中山和蒋中正，这和看美元上华盛顿的感觉是不同的，你明明觉得孙和蒋很熟悉，可看到他们印在钱上却又很陌生。在这边看到的都是繁体字，很多地方不是公元纪年，写的是“民国”某某年。眼前的世界怎么看都不是我熟悉的那个世界了。

机场的大屏幕上显示“11℃ 寒冷”，这可比北京高二十多度呢，应该是温暖很多的，不过台北也没有我预想的那么暖和，一直在下雨，湿冷湿冷的。会馆有空调，但是不能制暖，我开始想念北京的暖气了。当然，也很想念你。

03 世新

好热情的“世新风格”。

休整了几天后，学校正式开学，每个交换生领到一本手册，里面有各种须知、地图、相关老师的联络方式。看到学校平面图时我着实一愣，有个标注是“山洞”。来之前我已经用谷歌街景看了学校门前的状况，街道狭窄，临街房低矮，树木丛生，现在居然还发现有山洞，别告诉我这会是中世纪古堡级别的校园。

坐校车二十分钟到达世新大学，学校正门果然是一个山洞，各色花朵藤蔓缠绕其上。整个校园依地势而建，几幢楼房高高地架在山腰上，要先乘电梯上三四层楼的高度，才能到达一楼的大门。校园里植被异常茂盛，分不清哪些是山坡上原本就有的，哪些是园艺工人栽种的，楼房倒像是在树丛的夹缝中长出来的了。

开学第一天照例是迎新会，到达礼堂的时候里面已经坐了不少学生，各种肤色和语言，我想起毛主席的一句话：“我们都是来自五湖四海，为了一个共同的目标，走到一起来了。”每个座位上都放有大纸袋，装着印有学校标志的各种纪念品，本子、笔、书签、纸牌之类，还有一盒点心，一如校园的景色，让人感到精致又温馨。

校领导还没有到齐，主持迎新会的女老师问我们：“一会儿校长来了你们要怎样表达热情呀？”

台下几百名交换生哗哗鼓掌。

女老师摇摇头：“不够热情。”

我们鼓足了劲，用力鼓掌，哗哗哗。

女老师说：“这可不符合我们世新学生的风格，你们要欢呼。来，一起！”她向上扬手，示意我们大声欢呼。

大约98%的交换生都来自中国内地，略显内敛，你看我我看你，勉强“嗷”了一嗓子又只剩下努力的鼓掌声了。

女老师哭笑不得：“这怎么够，一会儿校长来，你们要更大声才行。”

演练好几次，终于等到校长进门，大家声音洪亮“嗷——”了两秒，接着还是努力鼓掌。

校长个子不高，站在舞台上，有种不言自威的力量。他淡淡地笑着，等大家掌声平息，缓缓说道：“你们，喊得不够热烈，要像世新的学生那样欢呼，那才是世新的风格。”

台下的交换生发出轻轻的笑声，我们也知道他们是怎样欢呼的，可是一下子真做不来。这样的见面仪式，让我对什么是“世新风格”产生了几分好奇。

迎新会很简短，结束后各自去办理入学手续，我决定先去看看我要入读的研究所是什么样子。

穿过操场就是新闻与传播学院，走廊安安静静的，墙壁、地板都很干净，一些学生三三两两坐在台阶上聊天。从门侧的玻璃望进去，每间教室都小小的，大概只能坐一二十人的样子。楼梯旁边是残障人士专用的坡道，连厕所也有残障人士专用的位置，而且竟然所有厕所里都有卫生纸，高档写字楼才有这样的待遇吧。我正四处张望，身后传来女生清脆的声音："同学你好，你是陆生吗？"

回头一看，三四个台湾女生趴在楼梯扶手上看我，为首的那一个下颌尖尖，脸蛋红扑扑的。我不明白她们要干吗："我是。"

粉红脸蛋的女生试探地问："那，你是传管系的张昊吗？"

"是啊。"

"哈！"她们几个一下子笑开来，"我们看到选课名单上有一个陆生的名字，果然是你。我们都是一个系的呀，来吧，来系里的休息室。”

台湾同学好热情，我反而不好意思起来，一路被她们簇拥着走到正对楼道的一间大屋子里。屋子里还有几个女生，一看到我进来，立刻唧唧喳喳像小鸟一样热闹起来：“你是大陆哪里的呀？”“我看到你课表好多课哦，你怎么修那么多？”“你选这个老师的课会很累的。”“你在大陆学的是传播吗？”“哎呀呀，你们别光顾说话，先让她坐下……”

我两只眼睛不知道看哪里才好，两只耳朵也不知道该听谁讲话，几个高低胖瘦各不同的女生围在身边，每个人都忽闪着亮晶晶的眼睛，嘻嘻哈哈笑成一片。她们越开朗就把我衬得越拘谨。我坐在椅子上，身体紧绷绷的，挨个回答她们的问题。她们主动报上自己的名字和绰号，可是人数众多我一个也没记住，倒是她们都记住了我的名字。

粉红脸蛋的女生拉过来一张椅子挨着我坐下，放一把小钥匙在我面前：“这是柜子的钥匙，你可以把不想拿回去的书放在这里。我们的休息室每天都有人，你课间就过来吧。”她们年级都比我低，一定比我年纪小，此时却像大姐姐一样温柔地交代我各种事项：“某某老师的课这个学期是下，没有修过上的她不愿意带。某某老师会希望学生是有统计基础的，你学过吗？某某老师的课没什么人选，我建议你换别的课……”其他几个女生在旁边你一言我一语地做补充，那种热情和毫无顾忌，仿佛我不是从海峡那边来的陌生人，而是她们从小玩到大的姐妹。

我深感自己不擅交际，除了笑呵呵地回答些“是”、“好”、“谢谢”，讲不出别的话来。她们大概看出了我的局促，跟我说周边哪里有卖好吃的可以去看看，我赶忙借坡下驴说去吃饭。她们把我送到楼梯口，此起彼伏挥着手喊“拜拜”，走下去一层楼还听得到她们潮水似的笑声一浪一浪涌来。

是台湾同学都这么热情，还是我刚好遇到了最热情的这几个？我要去找丁丁，问问她遇到的同学怎么样。

Dear 大牛：

开学典礼太有趣了。一位副校长致辞的时候说："我经常去大陆，可是简体字有时候让我看不懂，他们邀我去旅游（繁体为"旅遊"），却是三点水的游，我不知道自己是要游泳还是要走路。"他的话引得我们一片笑声。别说他被简体字搞糊涂，我们也被繁体字弄昏了头。

丁丁不认识"菸"（烟）字，她以为那是"于"（繁体为"於"）。我倒是认识，可是不知道"菸"和"煙"有什么区别，它们的简体字都是一样的呀。这跟校长对"遊"和"游"的困惑道理是一样的。

甜甜去了图书馆，说没法用计算机查询书目，因为这里用的是注音不是拼音，打出来就跟偏旁部首一样，连输入汉字都成了困难的事。她让别人帮忙输入书名，人家问她："你看得懂汉字吗？"你看这不用外语也有语言障碍。

我和台湾同系的同学见面，他们对于我只有两个字的名字很好奇，好像他们的名字都是三个字。这种细节上的文化差异真是让人感到新鲜。

04 上课

河南在哪里？
那里一年高考人数超过一百万。

这么多陆生来台湾，目的各有不同。有些人是为了旅游，只修一两门课，出游行程倒是安排得很满；有些人是因为台湾和大陆教育方式有异，专修在大陆修不到的课程；我这种则是心疼那昂贵的学费，本着多修课多划算的目的排满了课程表，大学、研究所、本系、外系，统统来者不拒。

这里的规矩是第一周试听，见过老师再决定要不要正式修课。星期一的课刚好是我所在研究所的课，同学是上次去系里休息室见过的那些，都是熟悉的面孔。四下打量，课桌不是成排摆放，是围成“回”字形；桌椅也不是固定在地上，椅子是可以旋转的计算机椅；教室面积很小，大约只有十几个人的位置。这哪里像个教室，更像是会议室吧。

“嗨，你们好啊。”女老师很年轻，戴着眼镜，笑的时候眼睛圆圆的，看上去很活泼，笑容一收起来立刻显得超严肃：“这是学期安排，两个人一组，你们自己分配。”

发下来一张A4纸，两面印得满满的，每周一或两篇论文，大部分是英文，要做摘要、写报告、写评析心得。看了两眼我就发蒙，阅听人？是受众的意思吗？置入性营销？是不是植入性广告？那些传播学大师的名字我更是闻所未闻，肯定是翻译的不同。好吧，我得先找到这些台湾译法对应的英文原词，才能知道大陆的译法，理解了意思再用台湾译法写作业，神哪，这不会比用英文上课更难吧？

“事先说明，作业写得不够好我是不会给分数的，这个学期至少要拿到六次分数才可以及格。”女老师抿嘴一笑，“没什么事了，你们自己分配小组，我走啦。”

同学们七嘴八舌分配好小组，当然我也算在内。怎么没有退选机会？原来这是专业必修课。得，作业这么重，大有上了贼船不能下的感觉。

老师一走这些学生就热闹起来，一个叫大P的女生挤过来，她中分短发，身材娇小：“哎，昊，我问你，你们是不是说媳—妇—儿。”她把“儿”咬得很重。

“是媳—妇儿。”我纠正她。

班里的女生都跟着学：“媳——妇—儿。”

她们不会发儿化音吗？我又重复：“是媳—妇儿。”

“媳——妇—儿。”她们还是把“儿”念得很开，像是媳妇和儿子的意思，她们自己都乐成一团。

大P又问：“哎，那你家是哪里的呀？”她贴了假睫毛的眼睛忽闪忽闪的，好像一对翻飞的蝴蝶。

“河南。”

“河南在哪里？”

“嗯，差不多是中间的位置。”我用手比画。

大P跑到黑板前画起中国地图，先是歪歪扭扭勾勒出东三省，画到内蒙古的时候自言自语：“外蒙古也是的，对吧？”笔直接就往上画去。

“呃……”我赶忙喊她，“内蒙古才是，蒙古不是中国的。”

“噢！”大P笑嘻嘻地擦掉外面的线，接着往西边画：“新疆？嗯——新疆不是你们的。”说着就要把新疆给分割出去。

“哎哟！”我哭笑不得，“是的呀！新疆是我们的呀！”

“啊，是吗？”大P草草勾勒几笔，像一只扭曲的大公鸡。

“还有海南岛。”我补充道。她对中国版图太不了解了。

无独有偶，前两天我在买姜母茶的时候遇上一个对大陆地理也是一知半解的女生。她是摊主，得知我来自大陆便一个劲儿拉着我问：“长江和黄河在哪儿？你去长城是从头走到尾吗？”她的妈妈从屋里跑出来，佯装生气说她：“那是万里长城，要怎么从头走到尾，大陆随便一个省都很大。看你不好好念书，这都不知道。”又反复对我强调：“是她自己不懂，你可不要认为台湾的年轻人都不懂啊。我们台湾很多年轻人对世界都很了解。”

我其实并不介意他们究竟了解多少大陆地理，如果让我画台湾地图，问我台湾的河流，我也是一知半解而已。但他们要从我这里了解大陆，我便不只是我自己，一种责任感油然而生，这或许是远离故土才会有的感受吧。

下午的课程学生更少，只有五个人。老师在大陆教过课，见到我这个陆生很开心，课也顾不得上，一个劲儿给台湾学生讲大陆和台湾有什么不同。老师说：“我去上课，九十个人！吓我一跳。那教室大得哟，和礼堂一样。哈哈哈，我说我要怎么讲课嘛，考试卷怎么改得过来。”台湾同学听了睁大眼睛，表示不可思议。我心想，这不算什么，就是一百五六十人的课也不稀罕，反倒是这样小班上课很罕见，谁让我们人多呢！

老师还说：“你们不要抱怨考试难，他们大陆学生考大学那才叫难，你们轻松多了。”老师这话可说到我心坎儿里了，像山东、河南这样的人口大省，一年高考人数超过一百万，想考上好的本科必须要下苦工夫念书。我们县城一所重点中学，据说学生早上四五点起床背书，一天中除去上厕所和吃饭就是学习，晚上熄灯后还有人点蜡烛看书，学校一个月只放半天假，其努力程度可以用头悬梁锥刺股来形容。

身边同学说，再过几年台湾大学录取率会达到120%，哪还有人会为上大学发愁呢。作为学生应该都会为这样的消息欢呼雀跃吧？不过回想起我那段艰苦的高三岁月，能为梦想奋力拼搏，辛苦也快乐。

到了下午六七点钟，学校大部分课程已经结束，学生成群结队向校外走去，不一会儿校园就变得空荡荡的，大部分教室熄了灯，只有几盏路灯在夜色中淡淡地亮着。这大学倒像是中学，而且是不上晚自习的中学，一放学大家就各回各家各找各妈。要是我们的大学呀，这会儿才是最热闹的，教学楼和宿舍楼灯火通明，门口小吃街刚开始一天中最繁忙的时刻。看来大学也是大不相同的。

Dear 大牛：

你还记得高三生活吗？考不完的试，做不完的题，背不完的书，一年做的卷子和习题册可以装满一个大麻袋。我跟台湾老师聊高考的事情，我说我们每个省分数线都不同，高校都是招本省学生比例大，所以高校密集的省市上大学就容易些。台湾老师听了很不能理解，他问既然都是国家的学校，为什么不全国统一？

你说人就是这样，自己生活习惯了反而不会去思考，旁人倒是能问出许多问题。我就没认真想过这个问题。

貌似这里的同学对大陆地理不是很了解，这也没什么，对吧？

不过我下课后去图书馆，看到一本毕业论文和地理政治有关，你猜怎么着？书名是——“大陆是台湾不可分割的一部分”。我那个惊哟，差点儿一口气没上来，愣了半天动弹不得。

虽然从地图上看，台北到上海比北京到上海距离更短，按理说我离你更近了，可真的是这样吗？

05 社团

人生啊，处处都有意外！
学爵士鼓和大提琴。

不知道是从哪天开始，世新的操场上多了许多拉拉队在练习。起初是三三两两的学生做基本动作练习；后来队伍逐渐庞大，成群的男生女生抱着体操垫走来走去，到晚上九点多钟还在路灯下做拉伸练习；再后来，夜间操场上挤满拉拉队员，高喊口号，有女生被高举过头顶，角落堆放着道具。

莫非要有什么盛会？我排队等校车，隔着栏杆看他们在操场上起起伏伏。和我一起等校车的是心源，我们一起上外国老师 Ann 的课。心源告诉我："世新要举办拉拉队比赛，我所在的社团的小老师就是其中一员。"

"陆生也可以参加社团？"

"可以的，我学了钢琴。喏，就在那栋楼地下一层，你可以去看看。"

说去就去，我转身跑进学校，经过那些拉拉队员身边，他们真厉害，普通学生就可以做人摞人的动作，把女生高高抛起再接住。在大陆貌似只有体操专业的学生才如此比赛。

沿着鹅黄色的台阶走进地下一层，眼前猛然一亮，满满的桌

子柜子像写字间那样隔出许多小区域；条幅彩带从天花板垂到地板；楼梯旁堆满大大小小的奖杯奖牌；乐器练习室墙上喷有巨大的“幹”；跳街舞的，弹钢琴的，拉二胡的，绘画的……无所不有，丝竹之音、管弦之声互相应和，我像是突然闯入了正在开 party 的陌生人家里，不知所措。正巧迎面走来一位长腿妹妹，笔直的双腿纤细雪白。她主动问道：“你好，有要帮忙的吗？”

这甜软的台湾腔哦，我不是男生都要心跳加速了，嗲的嘞。“我要找……”哎呀，我想参加什么社团啊，都还没来得及想，随口说：“我找小提琴的社团。”长腿妹妹蹙眉：“那应该是管弦社团吧？你

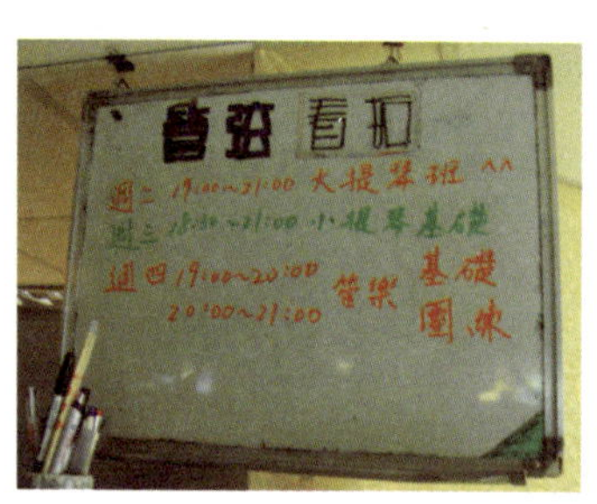

跟我来。”真是美人儿，蹙眉都那么美。我背着大书包跟在长腿妹妹后面，在狭窄的过道中穿梭，找到管弦社团却没有人在。让长腿妹妹白跑一圈好于心不忍：“你是什么社团？我去参加你的社团吧。”说这话简直是没经过大脑，我连她是哪个社团的都不知道就报名，美女效应啊，我要是男生一定会灰爆了吧。长腿妹妹把我带到一群抱着电吉他、贝斯、爵士鼓疯狂演奏重金属音乐的男生面前：“我是这个社团的，你要学哪个？”

这，我，额上一大滴汗。怎么可能！看起来如此清新文静的小美女是这个社团的啊！我还以为她会学什么古典乐、国乐、手工之类呢，这下骑虎难下了。四处看一圈：“我学爵士鼓吧。”旁边的男生听到随即站起来，他头顶扎着小辫子，羞涩地朝我笑笑："那我就是你的老师了，我叫阿征，我是大一的。"呼，糊里糊涂地就要开始学爵士鼓。人生啊，处处都有意外！

阿征说话很轻柔，偶尔会咬下嘴唇，腼腆极了。他给我介绍鼓的各个部位的名称，教我怎么拿鼓棒，说今天正好有毕业的学长回来，让我先看他们打。乐器练习室里，几个男生正敲得如痴如醉。被阿征称作高手的黑衣男生坐在爵士鼓前，鼓棒和头发一齐上下翻飞，头发柔顺得可以去拍洗发露广告；长发遮住脸，只看得见硬朗的下巴线条；浑身肌肉随着节奏大幅度抖动；细长的四肢挥舞着敲出如雨点般密集的鼓点。我完全听不懂他在打蓝调还是爵士，只在心里默默感叹，莫非从此以后，小清新的我要改走浑不吝路线了吗？（浑不吝：北方话，意指什么都不在乎。）

和阿征确定好以后上课的时间后，我决定再去管弦社团看看。

这次管弦社团有人在，只是身为社长的男生和阿征一样腼腆，我要不开口他一定不说话。叹，是台湾的男生都这么"温柔"吗？他告诉我小提琴已经开课了，不过可以报名学大提琴。好吧，又增加了一项我从来没有想过会学的乐器，那就学大提琴好啦。

过了一周，我按照约定的时间来上大提琴课，同寝室的洋洋也报了名一起上课。

偌大的教室里只有三个学生，台湾的好处就是常能享受小班授课，而这在大陆太难得一遇。听说教大提琴的老师是从校外请来的真正的老师，不像其他社团是学生教课。我有些忐忑，从来都是小孩子入门学乐器，我已经是研究生的高龄啦，从零开始学乐器，有老师愿意收我为徒吗?

“嗨，人到齐了吗？”一位瘦瘦高高的男生走进来，带着眼镜，脸上挂着微笑。看上去十足的书卷气，不用说，肯定是教大提琴的老师。

“老师好！”学生当然要懂礼貌。

怎料老师忙摆手:“不用叫我老师，叫我富元就好。”

啊？这也太……“富、富、富元老师好。”嗨，不加“老师”两个字我还真喊不出口。

“老师，我们从来没有学过大提琴。”我和洋洋声音都没底气，生怕老师劝我们退学。其他的社员都可以参加比赛和演出了。

老师莞尔:“没关系呀，那就从头学好啦。”

我小时候也学过些特长技艺，可老师都很严厉，俗话说“严师出高徒”嘛，这么温柔可亲的老师我头一回见。哦，不对，在台湾遇见的其他几个老师也挺温柔，我还是担心他会突然收起笑容斥责我。

老师一招一式教我们拿琴、持弓、按弦。

第一周，拉长弓。

第二周，拉长弓。

第三周，拉长弓。

第四周，拉长弓……

眼见两个月要过去了，我还只是像锯木头一样在拉弓，这样下去，等我回大陆时岂不是连音节都拉不对啊，我有点儿着急。老师却不着急，打开一本乐谱放在面前，先拉了一遍给我们听，然后又放到我面前："你来试试。"

我数着五线谱上的小蝌蚪：哆、来、咪。拉两下就要停下来查格子，才能知道是哪个音节。断断续续拉了两遍，再试，竟然能拉成曲子啦。老师笑眯眯地说："拉长弓是基本功，刚开始练都要拉长弓。来，我们一起合一下吧。"

老师手中的琴发出婉转悠扬的乐声，我磕磕绊绊勉强拉完，自知漏洞百出，很不好意思。哪知老师却将我大大赞扬一番："你很有天赋！如果以前学过，现在会拉得更棒。不过你继续练也能拉得很好。"

啊，我承认我爱听赞扬，尤其是专业老师的肯定，心里别提多开心了。

老师知道我学期结束就会回大陆，临走前还专门请我喝咖啡，我以为是有事情，没想到就只是聊天而已。直到学习结束，我仍不适应老师可以这样亲切，既是良师，又是益友。

在世新的社团生活，时而小清新时而浑不吝，还有这般不像老师的老师，怎能不令人难以忘怀。

Dear 大牛：

我从没想过自己会接触爵士鼓和大提琴这两样乐器，尤其风格反差还这么大。

我跟教大提琴的老师聊天，他听说我在大陆的同学很多都结婚生子了特别惊讶，觉得特不可思议："我还没结婚，你这样年龄的回去就要相亲？"我一直觉得老师应该有个粉嫩的小女儿承欢膝前了呢，没想到是钻石王老五，台湾人结婚真的好晚啊。

每周练完安静的大提琴再学令人疯狂的爵士鼓，我都觉得自己要分裂了吧。

丁丁一直超迷各种小众乐队，有天她听完音乐会后向甜甜感叹说，这辈子要能和乐队的鼓手来个浪漫邂逅就好了，哪怕只是萍水相逢她也无憾。说着就摆出一副花痴样。甜甜思考良久得出结论：可是你认识的鼓手只有昊昊一个啊！丁丁顿时就颓了。哈哈哈，我可不要跟她搞浪漫，赶快逃走。

06 教会

共产党员不能信教吧？

INSPECTS THE EYE

EYE STORY
HEALTH

二月的台北湿冷湿冷的，虽然不似大陆北方那样寒风凛冽，但冰冷濡湿的空气像把人关在冰箱冷藏室里，好像随手捏一捏就能挤出水来。

会馆住宿条件很好，双人间，各色家电一应俱全。同屋住的本科生洋洋，卷卷的浅褐色短发，每每低头嘟嘴，都像一只娇嗔的小精灵。她跟朋友视频聊天一定要介绍说:“我们的镜子能自动除雾!电视是壁挂液晶的！”骄傲得不得了。这样的住宿条件比她在学校的六人间宿舍要好太多,我也很满意这里,除了这湿漉漉的气候——墙有霉斑的痕迹，屋外的水泥地长出青苔，棉被永远像没干透，连金属栏杆上都有一层绿色的膜。

最先来会馆拜访我们这些陆生的不是学校工作人员，是教会的人。

大约是晚饭过后的时间，我正在丁丁和甜甜的屋子里聊天，忽然有人敲门，可以听出来外面不止一个人，隔壁房门也有开门的声音。推门进来一位和我们年纪相仿的女生，手里拿着一些印刷品。

“你们好！都是大陆来的交换生吗？”她非常灿烂地笑，高高扬起的嘴角把眼睛挤成了一条线。

“现在台北这里有花博会你们知道吗？我们周末有活动，可以带你们去看花博会哦，免费提供午餐的。”她递过来三份彩色印刷的单子，“有空就过来吧，上面有我们的地址。”她一直笑着退出门去。

“好的好的，谢谢你。”丁丁客气地送走她，关上门。

外面陆陆续续地有门打开、关上的声音，不一会儿那些脚步声远去，走廊又重新安静下来。我们看着手里的彩页，教会？上帝？三个人都惊诧不已，不确定这到底是怎么一回事。

甜甜窝在床上哗啦哗啦翻着那张纸，非常认真地问：“她们是不是要拉我们入教？”

一句话问得大家都愣在那儿，“宗教”是个好遥远的词。虽然信仰宗教是自由的，但大陆相信无神论的人似乎要多得多，我们三个都不信教。我认识的同学里只有几个女生算是半个佛教徒，说是半个，因为她们并不会在佛教特定日期去参加各种仪式，也不会特意跑去佛祖面前许愿或询问，只是喜欢挂一尊玉佛像或戴一串佛珠在身上。有个男同学有心皈依天主教，可只能偷偷摸摸地偶尔跑去做礼拜，他说如果被父母知道，一定会教育他要远离封建迷信。

我说：“你俩是党员吗？共产党员不能信教吧？”

丁丁忧心忡忡：“她们万一是邪教怎么办？”

我们谁也没有参加宗教活动的经历，不知道她们会有怎样的流程和目的，对于这样的未知有一些好奇，又有些忧虑，七嘴八舌讨论半天，丁丁下了结论："反正我们也不知道在台北要怎么走，花博是迟早都要去的，有人带着玩干吗不去。"

大大咧咧的甜甜当即表示赞同，只要人身安全有保障，别的无所谓。看她俩都愿意去，那我也跟去好了。

周末到达约定地点，同校的交换生也来了一二十人，看到队伍还挺庞大，我不像先前那么担心了。上次见到的那几个教会女生领我们去会合的地方。沿着小巷子左拐右拐，走了大约十分钟到达一条稍微宽阔点儿的街道上，"耶稣爱你"几个大字格外显眼，这里是她们的教堂。不像我想象中那样是尖顶或圆顶的建筑，只是一幢普通高楼的第一层而已，装饰也很现代，没有标志性的彩色玻璃和

浮雕人像。沿街的一面是落地玻璃，已经有一二百人整齐地坐在里面，乳白色的灯光下一个巨大的十字架刻在墙上。

“这是天主教还是基督教？”

丁丁和甜甜摇头：“不知道。”

我们懵懂地跟着那些女生走进去，找座位在后排坐下，领到手卷寿司和矿泉水，也不知该做什么该说什么，只好默默低头吃饭。正吃着，忽然发现身边人集体安静了下来，闭眼端坐，跟着讲台上拿麦克风的女士开始祷告，感谢上帝这个感谢上帝那个。我赶忙停止吃喝，低头坐好。跟着一起祷告吧，心里总觉得有悖于我当初举右手信仰马列思想的誓言；不祷告吧，在这样的场所是不是冒犯了他们的上帝？犹疑中选择了折中方案，祷告结束时我嗫嚅着念了句“阿门”。

在花博会场依然是她们几个带我们游览，竟还分有总负责人和小组长，每个小组长负责照看四名交换生。

“你们要拍合照吗？我来拍。”

“化妆室在那边，我给你拿包。”

“这里有卖咖啡和点心的，可以休息一下哦。”

每个教会女生都是笑眯眯的，不停地讲“好的”、“不会”，跑前跑后，不时清点人数，她们根本无暇赏花。也不知道是她们今天碰巧心情都很好，还是本来就这么爱笑。

花博会十分壮观，满园五彩缤纷，流动的是游客彩色的衣服和阳伞，不动的是各色锦簇的花。场馆门口排着长队，不过相比上海世博会时动辄四五个小时的排队等待，花博的人流算不得拥挤。

路遇教会一对年轻父母和她们聊天，那位太太满脸温柔的笑意，先生也是和蔼可亲，两个孩子小鸟一样跑来跑去。尽管我仍弄不清他们是什么教派，不过心里的隔阂渐渐消失，毕竟他们都是容易亲近的人。

一直到游览完花博会，她们也没有提及入教的事情，反而还宽慰我们："知道你们那边很多人不信教啦，没有关系的，还是可以来参加我们的活动。"她们担心我们几个不熟悉路线，又主动带我们去景美夜市吃小吃，送我们到回去的公车站。隔着玻璃和她们挥手告别，湿冷的夜风中，她们仍旧在灿烂地笑。

Dear 大牛：

这里实在太潮湿，我住在山上湿气更重。洗的衣服到第三天竟然还能拧下水来，浴室的毛巾出现好多深绿色斑点，看来是发霉了。这样霪雨霏霏的天气持续下去，说不定哪天我在床上待久了都会长出蘑菇来吧。

听说会馆会给每个屋子都配除湿机，我还没用过这东西呢，咱们不都用加湿器吗？秋冬那么干燥，特别是用暖气或空调，很容易干燥上火。看来水多水少都是麻烦事。

这里教会的人带我们去逛花博会，她们特别和善，女生之间以姐妹相称。并不像传言说的信教的人会对异教徒很不好，相反她们对我们很照顾。花博场馆面积不算很大，不过做得很精致，我们几个还一直在讨论“永生花”到底是活的还是死的。在夜市我吃到了面线，口感类似洛阳粉浆面条，吃了小碗很不过瘾，下次要点大碗才对！

07 逛台北

这是学生制服还是cosplay？

台北車站・北投・淡水
Taipei Main Station · Beitou · Danshui
景美

随便翻开一本介绍台北旅游的书籍，总有几个地方是必去的：一〇一、台北中山纪念馆、西门町，还有走九遍的忠孝东路……虽然丁丁口口声声说按照攻略旅游是件很逊的事，我俩还是未能免俗要把这些都逛一遍。

本来我们是打算先去一〇一的，在路口问交通协管员："请问，幺零幺大楼怎么走？"

对方傻眼："什么？"

"幺零幺。"

"啊？什么？"

"幺、零、幺大楼。"

对方还是一头雾水："那是哪里？"

我："呃……"

奇怪，怎么会有台北人不知道一〇一大楼？可是又问了一个人，对方也不知道那是什么。我们只好选择去捷运直达的西门町，坐了两站忽然意识到，原来我说的是"幺零幺"不是"一零一"，难怪他们听不懂。

看到那幢全红色的西门红楼，就到了久仰大名的西门町。我认识的大陆朋友很多人都知道西门町，而我热衷日本漫画的表妹连西门町哪条巷子有很赞的漫画店都了如指掌，尽管除此之外她对台北一无所知。

这里的楼房不高大但很有特色，统统是骑楼的设计，大概和多雨的气候有关，下雨天也能不撑伞逛街。从捷运站出入口开始，西门町的每个角落都塞满各式各样的年轻人。

几个戴着蓝色美瞳的年轻男生在兜售廉价圆珠笔："支持当地人上学吧，只要一九九元哦。"

一个衣着邋遢的男人风一样在人群中穿梭，向我手里塞了张传单又风一样消失。旁边悄然伸过来一张脸，在我耳边说："妹妹快把那张纸扔掉。"吓！这是什么呀？赶快把传单塞到垃圾桶，瞥了眼好像是援交之类，怎么搞得跟特务接头一样。

超级爆炸头，一个满头蓝发一个满头红发，两个突然出现的男生唬了我一跳，身着无以名状的奇装异服，类似火影忍者或者悟空之类的造型，就这么大剌剌在街头晃荡。

我低声对丁丁说："我的台湾老师说，台湾的亚文化是cosplay。"

"真的吗？"丁丁半信半疑，"亚文化，文化哎。"

一拨学生妹从眼前走过，海军服领子，百褶短裙，长筒白棉袜，黑色皮鞋，斜挎帆布书包，披肩长直发。活脱脱从日本动漫里走出的女生模样。

“这也是 cosplay？”丁丁咬着奶茶的吸管，目不转睛盯着学生妹，直到原地扭头一百八十度目送她们远去还舍不得把眼睛挪开。

话音刚落，眼前又来一拨不同校服的学生妹，淡绿色衬衫，短裙，长棉袜，斜挎绿色帆布包，上面印有某某中学的字样。时下大陆非常流行穿越剧，我感觉自己像是穿越回了日据时期。这样朴素的帆布书包太罕见了，大陆市场上应该很难买到吧。看来她们不是 cosplay，校服本身就是这样。

“真漂亮啊！”我赞叹道，“我也想买这样的校服。”

“哼，想玩 cosplay？”

“去你的。我中学校服是中山装，你们呢？”

“运动服。”

“我们不能留披肩发，你们呢？”

“嗯，必须扎起来。”

眼前的学生妹个个都是披肩长直发，我上学那会儿有女生也这样，刚进校门就被教导主任喊住，勒令把头发扎起来再去上课。还有更严格的学校，要求女生不能留长发。不知道现在是不是还有这样的规矩。

西门町真是热闹极了，各色小店鳞次栉比，炸鸡店、奶茶店、鞋店……卖小饰品的货架摆在门口，琳琅满目，货架满到再不能多挂一件东西，老板则优哉地坐在门口，并不主动招呼顾客。我逛了两条街就昏了头，不分东西南北，丁丁大步流星走在前面带路，翻着手里的小本子：这里有好吃的鱿鱼羹，那里有不错的卤味，还有必吃的面线。

正好走到脚酸、肚子饿，坐下来吃著名的阿宗面线，旅游秘籍上说，这里除了味道好，由于没有桌子，所以在街边坐着或站着吃也是一大特色。捧着碗哧溜哧溜吃面线，忽然眼前一亮——台北的学生妹算不得最漂亮，台北的阿嬷才最美！

一位年约七八十岁的阿嬷端坐一旁，玫红色羊绒礼帽，粉蓝色大衣，一抹鲜艳的口红衬得面庞更加白皙。阿嬷皮肤沟沟壑壑，发丝银白，却将这艳丽的色彩驾驭得极为妥当。身后车水马龙，灯光流转，阿嬷静静地仿佛画一样定格在那里。我屡次拿起相机想记录下来，因不了解当地对于肖像权的态度，只能让阿嬷的倩影留在眼睛里。搜寻四周，又看到两位美丽阿嬷，一位穿着大红色平底皮鞋，一位穿着亮黄色连衣裙，印着无数花蝴蝶。

每个城市都有不同风格的老年人，在北京，晨练的老太太穿着老北京千层底布鞋，大嗓门说话，说不定是位皇族后裔；在上海，去菜市场也能见到身着旗袍，戴大颗珍珠项链，烫卷的白发一丝不乱，说着“侬好”的老太太；在台北，嗯，我觉得她们是民国风的阿嬷，风格像从电影中看到的宋美龄，打扮精致得体。

像台北这样有这么多老年人化妆的城市确不多见，她们恰如街头惊鸿一瞥，是让人最心动的风景。正妹算什么，正阿嬷才最给力！

Dear 大牛:

搜寻西门町的地图，竟然有开封路、洛阳路，好亲切呀，就像走在故乡的土地上。不知道以大陆地名命名的道路还有哪些，说不定我逛逛台北就相当于走遍大陆了呢！

在台北坐捷运非常惬意，这里人口少，整个台湾还不如北京或者上海一个城市人口多呢，所以坐公交车、捷运基本上都有位置坐。而且这里非常有秩序，捷运每节车厢都有博爱座，即便是空着也没有年轻人去坐，看到这么多站着的人和空着的博爱座，我心里特敬佩，全民养成好秩序很不容易。还有小细节，这里街头很少有垃圾桶，有的小吃摊贩集中的夜市也少有垃圾桶，但你看不到随地乱丢的垃圾，道路非常整洁，从这些小细节我开始喜欢上台北了。

不过游客终归是游客，我和丁丁去逛街，吃了传说中的"赛门甜不辣"，还乐呵呵拍了N多照片，结果回去后得知我们吃的是冒牌货，不是正宗的。幸亏还没把那些照片放网上，自我安慰下，游客总是会有这样的遭遇。

08 阿聪

指南宫管得到大陆男友吗？

聖

在台湾遇见好多有趣又可爱的同学，阿聪就是其中一个。

阿聪是大学部三年级的男生，身形高大，略微壮硕，我和他一起上美国教师 Ann 的课。第一次见到他，是在 Ann 的第一节课上，每位同学用英语讲自己感兴趣的话题。阿聪嗓门洪亮，滔滔不绝讲起了中国哲学、古代兵法，从孔孟讲到孙武，从汉武大帝讲到康熙盛世。昂首挺胸，挥袖如风，只差在腰间别一把长剑。这令我大为惊异，之前所认识的台湾同龄人，对大陆要多不了解有多不了解，像阿聪这样热爱中国古代文化的年轻人，即便在大陆也是不多见的。我一下子就记住了他。

很久之后的某天，我在图书馆查数据，偶遇阿聪。只见他手持一支小号毛笔，在一张大白纸上一笔一画抄写《三十六计》，还是竖着写的，再次把我惊到了。我问他这是干吗，阿聪一边写一边慢悠悠地回答："贴墙上啊，我家墙上贴很多了。接下来我要看《六韬》了。"谑，可真是奇人。我试探性地问他："既然你喜欢兵法，那你知道鬼谷子吧？鬼谷子教孙膑、庞涓兵法，就是在我家乡那里。"

"噢。现在还有吗？"

“有，在云梦山，住过的山洞还在哎，叫中华第一古军校。”

“噢。”阿聪继续写他的毛笔字，并没有表现出太大兴趣。

倒是在学期过去一大半的时候，有一次下课，班上的一群男生聊起追女生的伤心往事，阿聪也大倒苦水，我随口说了两句安慰的话，阿聪立刻激动不已，非要跟我握手，一个劲地说:“知己，知己！”后悔这么晚才发现我如此懂他，要跟我好好聊聊，非要约上我去逛台北。其实，我连自己说了什么都不记得，莫名其妙就当了感情专家，说者无意听者有心吧。

第二天一早，阿聪果然打来电话:“我要去W饭店面试，很快就结束，你有时间跟我去逛吗？”我猜想他必定有更多的苦水要倒，那就去当回知心姐姐咯。

W饭店旁边就是商场，我在里面瞎逛等他。不一会儿阿聪打来电话:“我面试完了，你在哪里？”

“我在优衣库，你过来吧。”

“什么？”

“优衣库。”

“那是什么地方啊？”

我愣住了，优衣库这么大，几乎整整一层都是，他怎么可能不知道呢？“就是优……”忽然看到牌子，上面根本没有“优衣库”这三个汉字，只有英文和日文，“啊，是UNIQLO！”幸亏经常听洋洋在寝室念叨UNIQLO，要不然我连这个英文是怎么读的都弄不准。这已经不是第一次遇到这样的事情了，台湾这里许多国外的品牌都没有翻译，路边的店面都只写外文名字，像SUBWAY、IKEA，并没有标“赛百味”和“宜家”字样在上面。我猜想是这里民众的外语水平都很高吧，要不然上点儿年纪的人可怎么读得准啊!

阿聪乐呵呵地跑来:“走吧，我带你逛书店。”他说诚品虽然大，但有个小书店才是他的天堂。我跟着他先坐捷运又转公交车，阿聪一路向我描述刚才面试的经历，他是如何震住那个娘炮经理的。来到一条有些古旧的街上，一家不起眼的中式装潢小店，里面满满的全是和中华古文化相关的书籍。成套的《四库全书》,线装本《红楼梦》,整柜子的中医书，成套精装宋词元曲……还有不少简体字的书,拿起来一看果然是大陆出版的，只是贴上的台币价格卷标比原价要贵出不少，至于台湾出版的书那就更贵了。

我说:“阿聪，这样的书在大陆只要四分之一的价钱哎。”

“哈，这么少？”他看似不太相信。

我拿起一本平装的《本草纲目》：“还有更便宜的，一模一样的，地摊上十块人民币，虽然肯定卖的是盗版，但跟正版没差多少。”

“那我要去大陆买书就不会破产了。”他爱不释手地一排排摸过那些书。阿聪父亲是做中药铺生意的，这里既有兵法书又有中药书，难怪他像鱼儿到了水里一样。阿聪摸摸脑袋：“接下来带你去哪儿呢？嗯——去指南宫！”

“啊？我不要去，我们守护神老师说了，去指南宫就会分手！”

阿聪把我上下打量一番：“我，你，我们俩又不是男女朋友，去有什么关系？”

“那我有男朋友啊，说那样也会分的。”

“哎哟，他在大陆，那么远，根本管不到的啦，放心去吧。”

我跟着阿聪又一路辗转去往山上的指南宫。阿聪说他最喜欢看的电视剧是大陆的《大宅门》，因为男主角白景琦家也是做中药生意的，而且很调皮，感觉和自己很像，看了七八十遍了，台词都能倒背如流。在公交车上,阿聪旁若无人说起电视剧里的对白来,有模有样扯着京腔:“您嘞,这事儿办妥了!”转眼又捏着嗓子模仿里面的太监:“七爷,您放心您走好。”马上又换成女人的声音:“嘿,比这淘气的我都不稀罕。”……阿聪一人分饰三个角色,自顾自演起来,他那大嗓门肯定整个车厢的人都听清楚了,我觉得尴尬极了,阿聪却不在意,滔滔不绝演了半个小时的广播剧《大宅门》,直到公交车到达终点站。真难为他能背出这么多台词。

大约是工作日的关系,通往指南宫的山路上没有什么行人,阿聪摇着一把大折扇,上面印着欧阳修的《醉翁亭记》。路过街边的小店,阿聪对卖的各种宝剑流连许久,说打工的工钱发了一定要买一把。我跟他说,这样的剑和扇子在大陆都是极其便宜的,尤其是古老城市的批发市场,他的工钱完全可以背一麻袋回去。

阿聪给我介绍庙里面供奉的各路神仙,除了吕洞宾,其他我一个也没记住,因为阿聪说吕仙祖是他师父,而且他在冥想状态可以见到他师父!还能对话!若不是我说服自己要尊重他人信仰,在我这样的无神论者看来,他一定是在臆想。

阿聪教我怎么向神灵问话,要报出生辰八字家住何方等一堆情况,然后扔出两个红色的弯月形状的木块,如果神灵表示听明白了就可以抽签看神灵给的启示。我决定问姻缘试试看。虔诚地报了一长串个人情况,问出问题,一扔,神灵表示没听清。我重新说一遍,再扔，神灵还是没听清。再重来，还没听清。我很生气，瞪着神像暗暗说，我就问最后一遍，你听不清就算了！终于，神灵听明白了。抽签，大意说安心等待，终究会有结论。这不等于没说嘛，我还以为神灵能给出明确答案呢。我向阿聪抱怨："这样的话我也会说，还用得着来问啊。"阿聪挠挠脑袋："那我再带你去另外一个地方好了。"

坐公交车又换捷运，我糊里糊涂跟着阿聪走，也不知道在哪站下的，到了一个妈祖庙——建在繁华的街道边上。我看出来了，台湾的庙宇和大陆的常见风格完全不一样，不过我想可能和福建那边的类似，只是我没有去过。大陆最常见的庙宇都是类似故宫的造型，但这里的寺庙飞檐飞得很高，以至卷起来，檐角上的龙也是五颜六色的。大陆的神像讲究宏大气派，金光闪闪地端坐其中，俯视来往香客；这里的神像却很娇小，许多还是黑脸，模样也大不相同。

一边的侧屋，一个神职人员模样的人在唱着类似"天灵灵，地灵灵"的神曲，围着一名中年妇女手舞足蹈，大概是在驱魔之类的吧，那个女人眉头紧皱，看上去十分痛苦。她真的相信这个有用吗？我默默叹气，在我眼里，这只是封建迷信而已。

我叫阿聪一起去后面的厅堂里转转，阿聪忽然面目严肃，伸手挡住我："不要去。"

"为什么？"我很茫然。

“因为，因为我看到旁边有不干净的东西。”

啊？什么！天哪，我毛骨悚然，背后升起一股凉气。好吧，我承认我很㞞，刚才还义正词严说世界上哪有鬼神，阿聪一句话我就变脓包了。说身边有鬼，还能看见！谁不怕啊。“那，那怎么办？”我声音都打战。

“等我去问妈祖。”阿聪走向妈祖，恭恭敬敬双手合十，口中念念有词。完了长舒一口气，走过来：“好了，我们可以去了，刚才妈祖下来给了我一道护体金光。”

啊？我更疯了，下来……护体金光……我要凌乱了，这和看见鬼一样可怕吧。此时天已经黑了，战战兢兢跟着阿聪胡乱在庙里走走，赶快出大门。阿聪却突然说他要上厕所。不是吧，这门口人烟稀少，我，我又不能跟你进男厕所，自己在外面万一被什么妖魔鬼怪掳了去怎么办。我承认，我这个看似坚定的无神论者完全被阿聪乱了阵脚。等他上厕所出来的一分钟真是漫长啊。

阿聪临时决定去艋舺，那里有他从小最爱吃的小吃。我浑浑噩噩跟着阿聪去了艋舺，糊里糊涂吃了排骨汤和糯米做的丸子，许久也没能从刚才的惊吓中缓过神来。艋舺和电影里的感觉一样，有种历经风尘的沧桑，又有许多老年人聚集在那里，更增加了沧桑感。

刚吃完东西，阿聪马不停蹄又要带我去台大。我说你这是拉练啊，阿聪听不懂：“什么是拉练？”

“唉，拉练，拉练就是像野战军出去训练那样。”我跟着他暴走一整天，脚都不是自己的了。

“等你去了台大就知道有多值得了。”

台大面积比较大，夜晚看不清风景，但树影丛丛掩映着楼房，也能看出是极有风致的。阿聪仍旧是一路不停，唠唠叨叨讲着他那逝去的初恋和当下怦然心动的暗恋，我就知道自己会是知心姐姐嘛。有趣的是他喜欢的这两个女生都是大陆来台的交换生，要我说他这么喜欢中国古代文化，又总喜欢大陆女生，真应该去大陆才对。

阿聪领着我穿过校园，走到一片试验田。这是一片不算太大但很静谧的田地。没有路灯，只有天上的星光和校园围墙外车水马龙的灯光，走进这里一下子就安静下来。水稻稻穗低垂，遥远地有蛙鸣。我去过大陆几所农业院校的试验田，没有一个像这里这样可爱，田边竖着低矮的木篱笆，插着彩色的大风车，田里面站着美丽的稻草人。一条笔直的小路伸向稻田深处，夜风拂过暗香袭来。

“美吗？”阿聪很得意。

“美！”

“那你转身看。”

我一转身，扑面而来是高耸的一〇一大楼，闪烁着绚丽的灯光，恰如一束烟花突然在眼前绽放。和身后的田园风光形成极大反差，美得让人窒息。

阿聪像是得到了极大的肯定："这是我泡妞秘籍的终极圣地哦，绝对够赞。"

"那你干吗带我来试验啊？"

"因为你是我的好哥们儿呗。"

"一起逛街的是好姐妹才对！"

"好——"阿聪笑嘻嘻一点头，"你是我的好姐妹。"

和好姐妹一起欣赏台北无处不在的美，即使是一天九个小时的拉练也是值得的事。

Dear 大牛：

你说这世界上到底有没有鬼神呢？有人坚信其有，有人却坚信其无。我在一座庙宇里见到类似功德箱的东西，不过里面放的全是准考证影印本，因为这位神灵是管考试之类的，在这里拜拜能考上如意的学校。不知道那些考生到底是怎样想的，是非常相信神灵的力量，还是终究要靠自己？

我跟着台湾同学阿聪走了好几座庙宇，我问他为什么没有收门票的地方，他笑了半天，问怎么寺庙还要收门票。可是像咱们那里有历史的寺庙，少林寺、相国寺、白马寺之类，都要收门票的呀。这里的寺庙不仅不收门票，还供应免费的茶水和小吃，可以坐在亭子里休息，吃吃喝喝非常惬意。哦，听阿聪说还有免费住宿的地方，这也算是造福众生了吧！

这里的寺庙不仅外观长得大不一样，里面供奉的神也不同，有的竟然佛啊道啊都供在里面，不是一个大殿只供奉一组神像的。据说这是多神论，他们讲如果基督教乐意把耶稣放进来，他们也是会拜的，真是令人咋舌哎。

09 生活

台湾路上的残障人士数量多，莫非曾有天灾人祸？

吃在台北：少油、少盐还少辣

渐渐地，我感到自己开始适应在台北的生活，可是我的胃却始终在想念大陆。

学校周边有很多早餐店，校园里的7-11也有多种早餐，可是它们都和大陆的不一样。比如在大陆的便利商店，机器里热腾腾的是豆浆；在台湾的便利商店，热腾腾的却是咖啡。

校门口有一家早餐店，老板看起来特像日本人。每天穿着一尘不染的白衬衫，领口洁白如新，从来看不到一丝污渍。系着蓝布围裙，头发也梳理得条理清晰。每天早晨一边在灶台前忙碌，一边向门口经过的行人打招呼，即便只是路过的人，他也会笑眯眯地弯腰喊一声："早安！"每每听到这句热情的问候，我就不得不停下脚步进去吃东西，好像不进去就亏欠了自己的良心一样。

只是这家店和周围那些早餐店没有什么区别，都在卖三明治、溏心煎鸡蛋、蛋饼之类，端上桌子也是配的白瓷盘和刀叉，典型的西式早餐。刚开始吃时特别喜欢，我从没有吃过这么价格平民又做法地道的西式早餐，还能天天都吃。再捧一杯咖啡或者奶茶，翻翻桌上的《苹果日报》，倒像是20世纪90年代港台片中常见的小资生活。顺便说一句，我只看《苹果日报》倒不是因为喜欢它的内容，而是桌上别的报纸都是竖版字，太难念了，根本没有想拿起来的欲望。

时间一长，胃开始抗议，总吃这些甜不啦叽的西餐，用《水浒传》里李逵的话说，那是“嘴里都淡出个鸟来了”。我好想念学校五毛钱一个的肉饼，家里热腾腾的包子、油条、胡辣汤，若是再有油滋滋的大饼夹咸菜，那就更美了。只是踅摸来踅摸去，都没能找到这样的地方。

有一天早上坐校车，听到几个并不认识的交换生说有个地方卖豆浆、油条，我当即就觍着脸问人家：“带我一起去吧？”到了之后却很失望，口味偏淡，吃饱之后嘴里还是能淡出鸟来。

记得那次我自己去菁桐坐小火车，邻座的阿嬷很热情地给我讲台湾生活，她就说：“你们大陆人爱吃油吃咸，我们吃很少的盐，这样健康，所以你看我们都比较苗条。”我也不知道台湾的阿嬷阿公们的苗条身材是不是和少吃盐有关，不过台湾的饭的确少油、少盐还少辣。去便利商店买吃的，那些标注着“猛辣”、“喷火金刚”之类的饭，吃到嘴里只是有点儿淡淡的辣椒香而已。有一次传播学老师请大家吃饭，正吃着，台湾女生范范忽然就大叫起来，张着嘴呼呼喘气，用手一边扇风一边眼泪汪汪地说：“辣死我了！哎呀我嘴巴要肿了！”我筷子停在半空中：“辣？哪个菜有辣椒？”我根本没有意识到有辣椒的存在哎。其实，我在大陆根本算不得能吃辣的人，但在这里，我见到的各种辣椒、辣酱都无法满足我对辣的渴望。

说起来，不仅仅是“每逢佳节倍思亲”，更是每逢吃饭倍思家呀。

行在台北：车会让人，行人最大

要说在台北出行有什么感受，我想最大的感受就是——台湾人太热情，太友善了。

每天只要出门就能听到无数次“谢谢”：买东西，老板会说谢谢；上完课，老师会说谢谢；就连坐公交车投币，司机都会说谢谢。第一次遇到这种情形，我脑袋一片空白，他为什么要谢我？我也没有多给他什么恩惠，怎么值得去感谢呢？听到对方说谢谢，就马上很客气地回以谢谢，结果每次都要谢来谢去互相谢半天。

666 路公交车有位司机更是热情，只要有人上车，他就会大声说：“您好，欢迎乘坐 666 路公交车，前面转弯请坐稳扶好，祝您心情愉快！”若有乘客下车，他会说：“感谢您的搭乘，祝您一路平安，心想事成，合家幸福！”如遇雨天，他会加上几句：“雨天地面湿滑，请小心脚下，注意安全。”一天下来他大概要这样说成百上千次吧，但即使在晚上坐上他的车，每一句问候还是激情澎湃，丝毫不懈怠。特别的是，在他的投币箱一侧贴了一排棒棒糖，下面还挂着一袋子棒棒糖，我不知道他在什么情形下会决定送糖，但我和其他交换生在会馆下车时，不止一次收到过他送的糖，他会大声地说："祝你们在台湾玩得愉快！"我没有记下他的姓名，但他是我见过的最阳光的公交车司机。

出门在外，还有一点让我惊讶——车会给人让路。一天放学我和丁丁正准备过马路，看到车子驶来就习惯性站住，不料车子也停了下来，我俩站在原地想等车子过去，司机却冲我们做了一个"请"的手势，我俩还是没敢动，丁丁请他先过，司机仍是请我们先过。后来又遇到几次这样的情形，因为路窄没有信号灯，看到车驶来我们会和车同时停住，都在等对方先过。在大陆习惯了车子在路上横冲直撞，哪里敢跟这钢铁大家伙抢道，真不习惯大摇大摆从它面前走过。后来在路旁看到一幅宣传画，小小的人行道上方有个巨大的脚丫，旁边写道：行人最大。那一刻，心里好温暖。

走在台北的大街小巷，包括校园里，我都能很频繁地遇到残障人士，说真的，数量比在大陆见到的多太多了。刚开始我想，台湾残障人士数量多，莫非有过大的天灾人祸？后来发现，是因为这里外出太便利了。

到处都有导盲砖，轮椅用坡道，厕所也有专用的，就连校园里每一幢楼，包括地下室，轮椅都可以自由进出。可以说但凡肢体健全的人能到的地方，残障人士都可以到，他们能自己乘公交车、坐捷运，并且，没有人会投以异样的眼光。

去淡水的时候正逢有活动，从地铁站口到河边商业街，聚集了数以百计的残障人士，每个人都有一个摊位。有盲童在唱歌，有智障孩子在弹琴，有肢体残障者在为游客画肖像……我承认自己是泪点很低的人，看到这些我鼻子一酸，不是因为可怜他们的残障，是感动于每个人都能自力更生，过有尊严的生活。有人说，衡量一个城市下水道怎么样，要看它下过暴雨之后的情形；衡量一个城市生活怎么样，要看那些特殊群体过的日子。

喜欢上台湾，并非这里有灯红酒绿的都市或者摄人心魄的美景，恰是这一个个生活中的小细节，打动心底最柔软的地方，令人一见倾心。

Dear 大牛：

虽然台湾和大陆都讲汉语写汉字，但细细体味起来，生活中有很多不一样。

我有个台湾女同学范范，就是第一次遇到的那个尖下颌粉红脸蛋的女生啦，她请我吃饭，聊起来大陆和台湾的不一样。她曾经在香港交流过一段时间，说大陆的生活节奏好快，台湾的节奏就很慢。她举例说，在大陆银行领钱，要是前面的人耽误时间久了，后面的人就会不耐烦，会催工作人员快一点儿；但是在台湾的话，后面的人会说不要紧，慢慢来。她还说，怎么你们在大街上走路都那么快，我走慢就会被别人抱怨挡路。

我听了都笑半天，不过你别说，在这里遇到的情形还真是这样，好像台湾人不着急，也很好脾气。我进商场的时候没注意身后有人，一松手门打到了后面的人，可还没张口说"对不起"，对方倒先跟我说"不会"，我还担心他会责备我呢。

每天听到好多句"谢谢"和"不会"，心情都是好的。尽管我不能长久地生活在这里，可是真心觉得这里是适宜居住的好地方。如果你来，也会喜欢这里。

10 物价

完了完了，方便面都吃不起。

阿宗麵線
一條龍餃子館

来之前听说台湾物价高，我和丁丁从下飞机就开始记账，每天晚上拿个小本子写写算算，把当天花钱的数量和用途逐一记录，发票也收好，像是两个会计。记完了就捧着本子检讨，啧啧，又花了这么多银子，一副葛朗台模样。同屋的小姑娘洋洋可不在乎这么多，用她的话说，反正她妈又不会让她回不了大陆，记不记还不都是花。出门购物我还得拉上丁丁，互相监督不乱花钱。

我们去家乐福采购生活用品，看着价格卷标还没买就心疼上了。“丁丁，你看这中性笔，这么贵，是咱那边的三倍都多，幸好我带了笔和本子。你看看，这还同一个牌子的呢。”

丁丁那边抱着五袋装的方便面哀叹：“完了完了，方便面都吃不起，这一包袋装的比大陆盒装的都贵。还不如我背点儿康师傅来呢。”

乍一看到台币价格，心里完全没概念，要在心中除以四，跟大陆同类商品的价格相比，才能衡量出这台币的价格是贵一点儿还是贵很多。长此以往，将会很锻炼心算能力吧。

东西再贵，必需品还得照买。我需要一双拖鞋，但是站在货架前左看右看挑不出来。大部分都在一百台币以上，便宜点儿的塑料拖鞋九十五台币，可是这样一双鞋我要是在家买，三四十台币足够，怎么都觉得不买吧，不行，买了呢，真亏。丁丁站在一边幸灾乐祸："老子带了人字拖来，不用买拖鞋。啦啦啦……"太坏了，不带这么气人的。

逛的时候发现我们找不到熟悉的品牌，看到有个包装和"琼森"品牌是一样的，但是叫做"娇生"，有个很像"海飞丝"，可是叫做"海伦仙度丝"。丁丁看着就乐："没想到台湾也有仿冒货。"

我俩推着购物车指指点点：这个肯定是仿"飘柔"的，那个一定是假冒"美宝莲"，天下乌鸦一般黑啊。看得多了有点儿纳闷，一是这不能只有仿品不见正版，二是家乐福也是大超市，不该进假货。我一拍脑壳赶紧去看商品的英文名称和公司名字，嗨，闹了半天这些都是正品，只不过中文名字和大陆的都不一样，我们是冤枉人家了。之前可没想到，还以为一个品牌英文名字是一个，中文名字也只有一个呢。

既然是正品，那就放心买吧。好学生丁丁拿着手机算半天，又在货架前转一圈，郑重向我宣布："鉴于东西太贵，很多商品又是大包装，咱们每样只买一件，两个人一起用。"丁丁指着她写下的购物单子："你看啊，洗衣粉、洗发水、沐浴露，一瓶一个学期俩人都用不完。"

“还有洗洁精。”我提醒她。

丁丁一撇嘴：“还什么洗洁精啊，你没见这里只有家庭装，还那么贵，多奢侈多浪费。”

可这不是刷饭盒必需的嘛，我有点儿着急：“贵不也得用，你吃泡面还不刷碗了？”

丁丁说：“用开水烫啊，油就掉了，再不行你用牙膏洗，牙膏便宜。”人民的智慧果然是被激发出来的。

买完东西我们找地方吃饭。在商场一楼绕来绕去，看到饭菜的价格都不低，我正研究是吃面还是吃米饭，丁丁把购物袋一提：“走，回学校吃去。”

“啊？”我饿了呀，还要走那么远。

丁丁总说自己是数学白痴，我看她算得比谁都清。丁丁说：“学校吃饭便宜，还能坐校车回会馆，车钱也省了。”见我不接话，丁丁补充说：“坐公交车回去还得爬二里地山路，校车直接到楼下，多省事。”

哦，既然这样那走吧。

我不知道是不是台湾所有大学食堂都是这样的，起码世新的食堂和大陆不一样。这里是自助餐模式，拿着盘子选好菜按重量结算。大陆的学校食堂是“份饭”，米饭按两算，菜分荤素，每样菜价格不同。像我在北京的学校吃饭，一两米饭零点六五台币，二十台币可以打两份荤菜，或者十二台币打两份素菜，花三十台币左右就可以吃得不错了，学校的一人份麻辣香锅三十五台币还有肉呢。这还是北京物价高，要是在家乡的大学，十五台币一大碗砂锅米线或者烩面，肉丁和青菜量足得很。

丁丁课修得不多，没怎么来学校，开学至今还没在食堂吃过饭，我在打饭前告诉她，我第一次打饭不知轻重，花了七十四台币。丁丁学着周星驰的笑声哈哈大笑："七十四，七十四！你吃得太多了吧，哈哈哈哈！"哼，我嘴上不说心里默念，叫你笑，我看你一会儿不打得更多！

我故意让丁丁拿盘子走在前面，看着她一次次往盘子里夹鸡腿、芥蓝、肉丸子、寿司卷这些沉的东西，我就不言语，看她能称出来多少钱。我当然要汲取教训，默不作声地夹些青菜叶、西红柿炒蛋、鸡丁这样轻的菜肴。

到了结账处，丁丁把盘子往电子秤上一搁。"八十六！"收银阿姨响亮地报出来。

"噗——"我哧哧笑个不停。丁丁绿着一张脸，二话没说掏钱结账。正应了我外婆常说的一句老话："说人前，落人后，最后被人说个够。"不过看在同窗之谊的分儿上我就不笑她了。

吃饭时丁丁沉默良久，下总结似的缓缓说出一句话："天朝，也有天朝的好处。"

这话不假，在大陆的时候抱怨涨价，出来了才知道即便是涨过的价钱仍然不算高。所谓家就是这样，身在其中时不觉得有多么好，一旦分离便格外想念。

Dear 大牛：

我每天也没怎么买东西，钱包瘪得却够快。在北京，学生坐公交车一元台币还有找，这里可是要十五台币，钱可不就跟流水似的出去了。听丁丁说，去年有个富二代交换生，一个学期花掉一辆车的钱。你说我是不是应该写一句古训"由俭入奢易，由奢入俭难"贴在墙上，以此培养自己艰苦奋斗的良好作风。

你知道我们住在山上，下山吃饭很麻烦，丁丁告诉我，在会馆住的交换生们建了个QQ群，每到吃饭时候大家就在群里呼朋引伴，一起叫外卖，到了去门口拿饭就行。也不知道是谁的主意，真不错。好像是因为大家最喜欢叫山下卖炸鸡排的外卖，这个群被大家称作"鸡排群"。晚上我也和他们一起叫了炸鸡排的外卖，老板到夜里十一点多还送外卖呢。台湾这边的鸡排味道很不一样，很香又有点儿淡淡的甜味，酥皮特脆。不行不行，我忍不住要流口水了。

他们说台湾小吃非常值得一尝，这里有好多繁华的夜市，丁丁说，在美食面前省钱那都是浮云。过几天我们打算去看看，可惜没法与你分享，你的那一份我就替你享用啦。

11 摩托车

你不是骑得太快，是飞得太低吧！

地球村
美日語
英日語
610-BBV

来台北时刚出飞机场就被学校的接待老师告诫，没有国际驾照坚决不许骑摩托车，否则出了事故立刻遣返，出于安全考虑最好也不要乘坐摩托车。我当时听了很不以为意——摩托车？平生一共也没有坐过几次，更没有骑的打算，这样的告诫不说也罢。

到了台北，顿时明白老师的告诫多么有必要。乖乖，道路上摩托车刷刷而过，尤其是红灯变绿灯的刹那，汽车还没发动，一群摩托车已经“嗖”地蹿出了十几米的距离。路边停车处更是上百辆摩托车一字排开，除了摩托车展销会，我平生从没见过如此阵势的摩托车群。赶快掏出相机拍个不停，心想着要回去传上网，也给身在大陆的同学们开开眼。

在大陆哪里能见得到如此之多的摩托车啊，在一些城市连摩托车都见不到，因为有“禁摩令”。大概是基于安全考虑，城市对摩托车的限制一直比较严格。在过去，我们出行都是骑自行车，从老照片上那浩浩荡荡的自行车群还可窥见当年的盛况。有趣的是，自行车在台湾和大陆也有不同，大陆更多的是用作代步出行的工具；相比之下，台湾较多把自行车作为健身运动器械，路上就经常能见到全副武装的“骑士”。在大陆要是不能骑摩托车又买不起汽车怎么办？我们用自行车升级版——电动车。所以时至今日，大家对摩托车也没有太深厚的感情。我坐过摩托车的次数更是用十个手指就能数完，那还是念中学时走路上学要迟到，花五毛钱打个“摩的”（摩托的士），屁股还没坐热就到了。现在生活在以摩托车为主的城市里，不适应那简直是必然的。

从学校会馆下山去公车站要步行十分钟，每每正大步流星走在山路上，突然“轰”的一声摩托车擦身而过，整个人立刻定住！耳朵都跟着“嗡”的一声。那一瞬我以为自己要被掀翻在地，估计还会呈旋转状被拖行数米。摩托车贴身掠过时，并没有像电视里女主角那样衣裙随之飘飘的美感，只是令我汗毛倒竖。脑海里浮现一行字：珍爱生命，远离摩托车。

我原以为靠着捷运、公交车、出租车还有我的两只脚，可以永世不和危险的摩托车打交道，但是，我错了。

去垦丁看音乐节，出行成了难题。公交车，就几条线几趟车，能到的地方太少。出租车，更加稀少。捷运，根本没有。去海滩，去老街，只要去超出双腿能到达地方的范围都是难题。问房东太太借了自行车，乐呵呵地骑车上路，结果发现由于年久失修，轴承是坏的，链条是锈的，完全呈现下坡要靠蹬，上坡蹬不动的窘况，出门一趟比走路还累。第二天好不容易和丁丁租到电动车，风驰电掣地出发，雄赳赳气昂昂。可惜好景不长，骑到半路电池耗尽，咬牙切齿地靠脚蹬了回来。再看路上突突闪过的摩托车，默默地明白了摩托车的好。第三天死乞白赖求老板给租辆摩托车，老板眼都不抬，没驾照，免谈。莫非在台湾，还真就非摩托车不能出行吗？

丁丁有幸被台湾同学骑摩托车载过一次，每提及此事她就兴奋得张牙舞爪，拉着我滔滔不绝讲述在台北市车流中穿梭的刺激，说得比坐云霄飞车都爽。只此一回，丁丁死心塌地爱上了摩托车，走路时两眼都不停地观察路旁摩托车："你看这台小红，我就喜欢这造型。嗯，回去要买一辆。"她拨通家里电话："妈，我回去之后要买摩托车上班！"正说着，美滋滋的表情瞬间大变："什么？禁摩了？咱家那儿禁摩了！你说买电动车啊？不行不行，那怎么能一样！"一副垂头耷脑霜打茄子的模样。

听丁丁描述坐摩托车飞驰的愉悦心情，搞得我也心痒痒。终于等到机会，我说要去公馆买伴手礼，台湾女生阿呆主动提出骑摩托车带我去。哎呀，多么善良可爱善解人意助人为乐的阿呆呀！我嘴上说着："这样太麻烦你了吧。"心里狂喊："好啊好啊！摩托车在哪儿？"

扣上安全帽，也不知戴反没有，跨上后座，阿呆很贴心地拍拍我："知道你没坐过啦，我会慢慢骑的哦。"油门一转，轰——飞了出去。风猛烈地迎面扑来，路边行人、树木一闪而过，同向摩托车转眼被抛在身后，眼看前面有两辆并行公交车，阿呆笔直地从夹缝中穿过。嗖——我的天啊！你不是骑得太快，是飞得太低吧！我双手死死抓住座位，两腿绷紧夹住车身，脚也不敢在踏板上挪动半寸，唯恐一不留神就被甩飞出去。阿呆却若无其事偏着脑袋和我聊天："我弟弟不好好上学，总让我爸妈操心。"

"哦，你有弟弟。"你，你还偏着头骑车！

阿呆竟然抬起一只手来比画："他跟我姑姑去广州啦，卖牛仔裤。"

"哦，广州。"你，你还一只手骑车！如果不是被安全帽压着，我此时一定是头发都要根根直立，像惊恐的汤姆猫一样浑身毛发竖起做触电状，哪里有心思跟她聊天！

阿呆继续偏着头伸手比画："我现在骑车慢得很，以前我骑车很猛的……"

什么，这也算慢啊。身在车流中真切地体会到了道路的窄，虽说极少见到台北堵车的情况，但车流密度一点儿也不低，汽车、摩托车摩肩接踵，交错的瞬间只有几到十几厘米的距离。我自认不是个贪生怕死的人，但在摩托车上颠簸狂奔，也跟要命差不到哪儿去啊。心中默默抓狂流泪，谁再跟我说坐摩托车爽，我就跟他急！

后来听说同是交流生的一哥们儿，因为骑摩托车摔翻伤了腿，虽是外伤也半个多月没踏出过大门。我再见到他时，已是一条腿比另一条足足细了一半。我仅存的对摩托车的渴望就此烟消云散了。都说“一朝被蛇咬，十年怕井绳”，我还没被咬呢，见到井绳就已惊恐不已。

街上各色摩托车川流而过，有女生戴着鲜艳的卡通安全帽，有阿公骑着哈雷摩托车招摇过市。但话说回来，要是将来打算环游台湾，尤其是去离岛，不骑摩托车根本不现实。骑摩托车，终究是台湾生活的必备技能，学还是不学，真让人纠结。

Dear 大牛：

你知道吗，我今天坐摩托车了！虽然不是平生第一次坐，但在这边骑摩托车的感觉真是不一样啊。因为这边实在是有好多摩托车，他们又骑得非常快，本来道路就不宽，还那样见缝插针地钻来钻去，太刺激了。我坐在后面吓得半死，手一直紧紧地抓着车座后的架子，好怕会被甩下来，手掌都握到有压痕，恨不得把自己焊在上面！尤其是有公交车从身边开过的时候，像一堵墙要塌下来，又贴得好近，我很怕自己会被挂下来。不过他们骑车的技术都很高，但还是止不住担惊受怕。载我的阿呆说她只骑到时速四十公里，但穿梭的刺激真的比八十公里都不差啊。

对了，有次上课讨论问题，一个同学提到他好友因为酒后骑摩托车，发生意外过世了。恰巧学校也在举办征文展览，我看到有篇用文言文写的悼文，正是说他哥哥因飙摩托车过世的。这真的很可怕！

好在台北这边骑摩托车一定会戴安全帽，不像咱们那里很多人都不戴，注意安全比什么都重要。我会好好照顾自己的，你不用担心啦。你也要注意安全哦！

12 政治

我很想告诉她们不是这样，
但最终什么也没说。

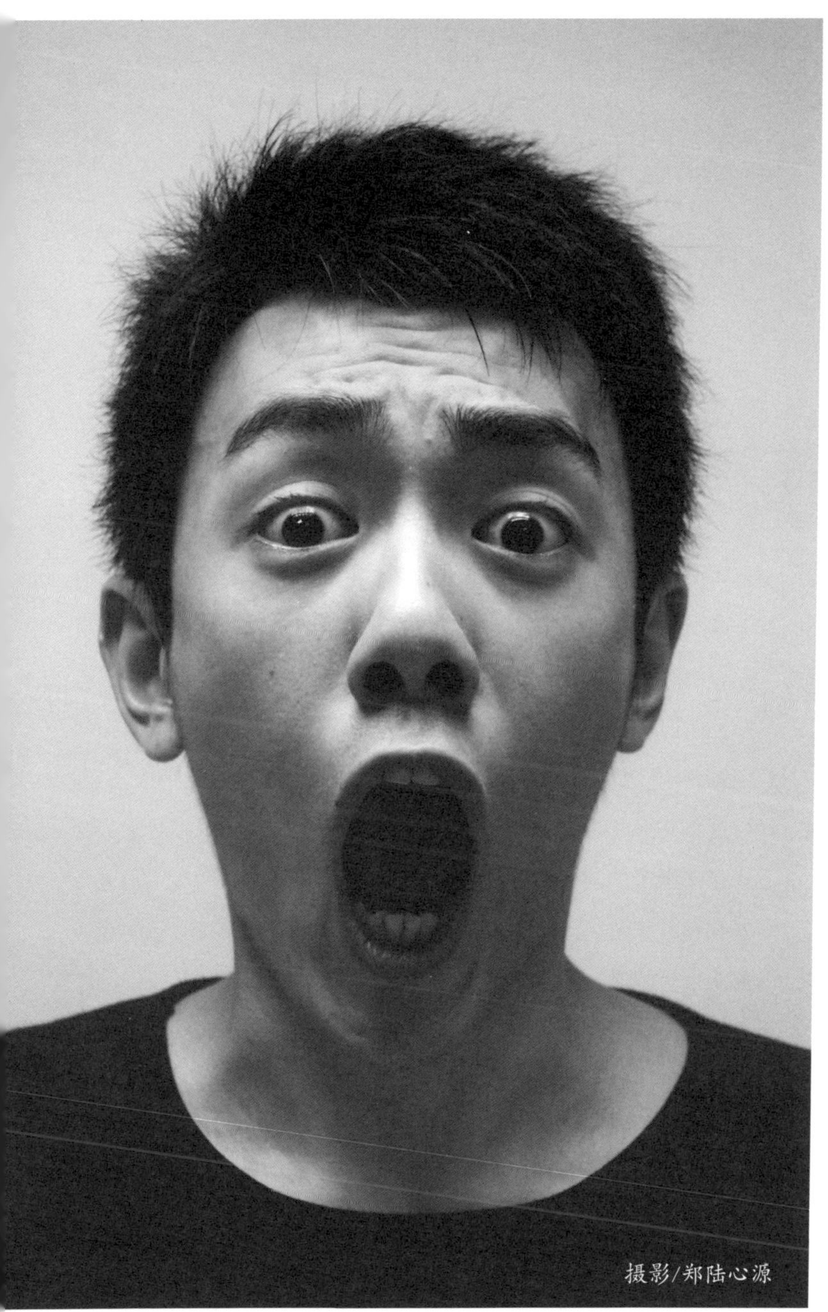

摄影/郑陆心源

要说政治，那可太复杂了，连马“总统”也未必说得清吧，陆生来台湾还是求同存异的好。但来了这里，又不可避免地更加关注政治。

我和心源一起旁听绘画课，那个男老师显然不喜欢大陆。他讲课不时提几句大陆如何如何，我尊重他人的不同看法，问题是他总讲些不实言论。临近下课，他又在讲：“《王者之声》这部电影，你们知道大陆翻译成什么吗？《国王那话儿》！哈哈哈，他们翻译成‘那话儿’。”课堂上五六十位同学嘻嘻哈哈乐成一片。心源终于忍不住举手说：“老师，我是陆生，这部电影我们的翻译是《国王的演讲》，还有您之前说的那些也不对……”男老师尴尬地笑了笑，他肯定没料到有陆生在场吧，反正之后我再也没去听过他的课。

有一次在食堂吃饭，旁边几位台湾女生在聊一位去了上海的朋友：“他们管得特别严，我朋友不能乱讲话，你们知道吗？打电话会被监听……”我很想告诉她们不是这样，但最终什么也没说，我也不知道自己是礼貌还是懦弱。但这样的情况太多了，在电梯，在教室，很多次听到对大陆曲解的言论，我当然会不痛快，可是我能拿着大喇叭向所有人解释吗？

相较而言，生活中的曲解只是小插曲，遇上政治活动和媒体，那就有可能惹出大麻烦。

提前好几天，蔡英文要来世新的消息就在陆生中传开了，大家很想见台湾名人，不管是明星还是官员。我每天都是满课，没时间去，但据说那天有一些陆生逃课去参加。

洋洋也去了现场，晚上我回宿舍一见到她，她就激动万分催我上网："你快看看吧，有同学惹麻烦了！"说着又打开电视机，调到新闻节目，"电视上都在播！"

果然，鸡排群里炸开了锅，大家有贴视频链接的，你一言我一语发表意见，有批评有安慰。看了半天终于明白，是住在楼下的鼎哥同学发言不慎，被媒体剪辑后更显得言辞不当，还有个女生伸中指作"嘘"状，唉，她还是我校友！要说"嘘"声确实是中国传媒大学的传统，不过在不了解情况的人看来，一定会觉得非常不礼貌。"这事严重吗？"我和洋洋面面相觑，都不知道事态会怎样发展。

我曾见到马英九在台上讲话，群众就在台下振臂呐喊："下台！下台！"马英九不为所动继续讲，令我惊奇的是没有安保人员出来干涉，而且电视台居然还播放了这样的画面。还是小马哥，参加健身活动做运动，被拍到露底裤，照片居然被大幅登在报纸上。

看起来政治环境很宽松，能够允许不同话语存在。但面对陆生的发言，态度却走向另一个极端。

其后的几天里，当我在早餐店拿起报纸的时候，当我在学校食堂吃午饭看电视的时候，总能看到媒体对此事的大肆报导。伸中指的女生好像没有什么反应，鼎哥同学倒是义愤填膺，力求还自己清白。不多时日，鸡排群的资料共享中上传了鼎哥写给大陆对台办的检讨书和回函。鼎哥很愤怒，表示："愤慨和自责，甚至有过轻生的念头，曾天真地以为敌人是可以感化的，愿主动接受批评惩罚。"对台办回函不但没有责备，还宽慰了他一番。

恕我愚钝，我还真看不透这事情究竟会是热闹一阵就过去了，还是严重得足以影响当事人今后的生活。

一直到我离开台湾，这段时间只要搭乘出租车，司机一听到我的大陆口音就会滔滔不绝谈起此事。其中一位络腮胡司机是硕士，每个月读十本书，他谈起自己的看法："我们的血脉是相通的，不管未来怎样，一定不要再打来打去了，不要再流血牺牲。"我明白这并不能代表整个台湾的看法，但听到他的话，仍会不由自主地感到温暖和快乐。

*注：嘘声传统

中国传媒大学有"哄台"的传统，包括嘘声和扔纸飞机等。

因为该校是培养播音员主持人的学校，当观众对台上表现不满时便会哄台，即使面对明星也不例外。意为，若能禁得住哄台，将来在任何舞台上都能站得下去。是鞭策，并非无礼。

Dear 大牛：

我问了好几位来自美国的老师和同学，怎么看待大陆和台湾的关系。他们给出完全不同的答案：有人说是两个独立国家，有人说只听过中国，也有人说太难回答了，弄不清。甚至还有台湾大叔跟我说，他并不在乎是哪个党执政，只要能让老百姓过好日子，共产党也无所谓。在台北生活久了，渐渐地不再重视别人怎么看这个问题，只要我们相处愉快就好。

我的同学心源喜欢摄影，她是个非常有想法的女生。在台湾的最后一个月里，她发起活动——给台湾学生和陆生拍照。她找了几十位同学，给他们拍人像特写。她说，如果把照片混在一起，你根本分不清哪个学生来自大陆，哪个来自台湾。所以她要用照片告诉大家：褪去政治外衣，我们都是一样的。我特别感动于她的创意，也加入了被拍者的队伍。心源希望将来能够办一场展览，让更多的人看到。不论她的愿望何时能实现，起码参加拍摄的同学们都认同这个观点——我们是朋友，我们都是一样的。

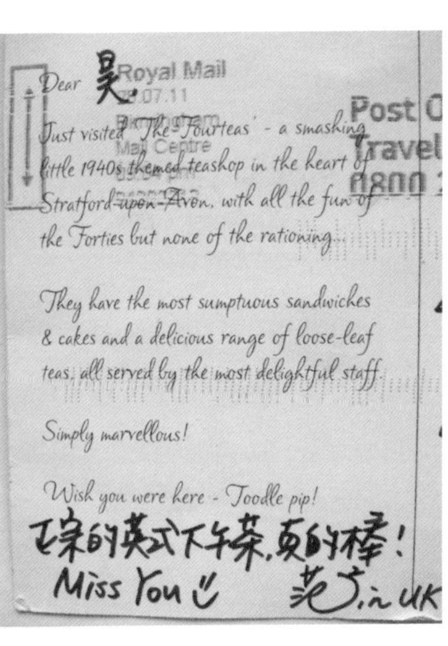

Dear 昊

Just visited 'The Fourteas' - a smashing little 1940s themed teashop in the heart of Stratford-upon-Avon, with all the fun of the Forties but none of the rationing...

They have the most sumptuous sandwiches & cakes and a delicious range of loose-leaf teas, all served by the most delightful staff.

Simply marvellous!

Wish you were here - Toodle pip!

正宗的英式下午茶，真的棒!

Miss You

范范 in UK

台湾好友范范去英国后寄来的明信片

13 垦丁

尺度，这才叫尺度大呀，
真是台湾的音乐节，换别处怎么听得到。

一

台北霪雨霏霏的春天还没有结束，丁丁已经开始策划去往南部的垦丁之行。

我知道垦丁这个地方源于电影《海角七号》，当时是在北京课堂上放映的，虽然有老师同学在场，我照样哭得稀里哗啦。因为学习的专业是传媒法规，老师说这部电影在大陆放映时有删减镜头，让我们从未删节版中判断哪些镜头会被删去。记忆颇深的是，除了删减掉粗口和暴力镜头，在将近结尾时，阿嘉送信回来，跑向友子说："留下来，或者我跟你走。"这句话也被删减，理由是：台湾怎么能跟日本走呢？

不管怎样，一部《海角七号》还是令我充满了垦丁的向往。可是台北天气还很凉，要现在去海边吗？

丁丁无奈于我的后知后觉："是先订民宿啦，四月份去看春浪音乐节。"

我对于丁丁报出的一串乐队名字闻所未闻，不过去看看也不错。丁丁在网络上搜索垦丁民宿，比较价格，又在鸡排群里呼朋引伴找同路的人，一起住可以节省费用。那几天丁丁每天晚上放学回来都穿梭于各个寝室，人员敲定，民宿敲定，问题来了——民宿老板要求先汇钱才能订房。

先汇钱？被骗怎么办？几乎所有人第一反应都是这样。就算在淘宝上买东西，还是先拿到货再确认付款呢，网站上总有大字提醒着："当心，让您先付款的都是骗子！"我们犹犹豫豫不愿意先掏钱，让丁丁和老板商量商量，老板那边说，不汇钱没法留房间，房间很热门哟。又等了几天，其他的交换生陆陆续续开始预订垦丁的民宿，也都被要求先付款。丁丁一咬牙："民宿是挂靠在政府网站上的，应该可靠，你们全凭自愿，万一钱被骗我没法负责啊。"考虑再三，我们统统交了钱，要是被骗那只能寄希望于台湾的警察叔叔了。

又等了大概一个多月，老板说要派车来台北接我们，看来善良的台湾人民没有骗我们，终于可以起程去垦丁啦。我跟台湾的同学说要去看音乐节，他们大为惊异："垦丁？那么远！我们都没有去过哩。"几个女生眼珠子都要蹦出来："要坐很久的车哎。"唉，怎么跟她们形容呢，从地图上看看从台北到垦丁的距离，我即便是从学校回趟家也比这个远呢，像丁丁这样在北京上学家住云南的，那距离就更不用提了，似乎在台湾，去哪儿都是很近的呀。

离开细雨蒙蒙的台北，路过大风猛吹的台中，大巴一路摇摇晃晃来到椰林树影、水清沙白的南部。第一眼看到大海，满车的交换生“哇——”地喊出来，每当拐个弯离海更近些，“哇”的声音就更大，到最后沿着海岸线行驶，一群人已经哇得没有力气再哇了。

进入垦丁后，我们在离 7-11 不远的一家民宿门口下了车。真热啊，一出车厢就感到热浪袭来，虽然不及盛夏的热度，但这样的春天也太暖和了些。这里地势平坦空旷，和台北截然不同。民宿门口有个大大的白色灯塔模型，隔壁是小商店，墙上挂着一串鸡蛋花造型的饰品，老板娘满脸笑容迎出来，带我们去预订的房间。

房间很小，满当当塞下了五张上下铺，不过还算干净。我、丁丁、甜甜、洋洋，还有其他几个交换生，总共十个女生住在一起，省钱又热闹。大家顾不上旅途劳顿，放下行李，拿上帽子、太阳镜就急忙出门找海滩。老板娘看到我穿着帆布鞋，说：“妹妹，这样的鞋子不好去海滩啦，要穿夹脚拖。”说得也是，我跑去楼下小店买了双人字拖，九十九台币，和丁丁、甜甜一起去最近的海滩。

我们是提前一天来的，此时的马路上还空荡荡，没有车也没有人，路的一侧有几家民宿，一只黑色的大狗懒洋洋趴在地上。走在宽阔的马路上，风里裹着淡淡的海腥味，真是阳光灿烂心情好，走路也格外有力气。走了大约五分钟，看到挂着音乐节宣传画的广告，南湾海滩到了。

穿过一座白房子，大海赫然出现在眼前，我们三个尖叫着奔上沙滩。我都记不得有多少年没见过大海了，垦丁的海真蓝呀，沙子又细又软。拿出相机不停地凹造型，光脚丫跑进微凉的海水里摆pose，看到大浪打来慌慌张张跑出来，衣服还是被冲得湿漉漉。丁丁的人字拖被浪卷进海里，她大叫着跑去捞鞋子，一弯腰新买的遮阳帽又掉到海里，捞起来却沾满沙子。我说："你别穿鞋子了呗。"丁丁四下一望，低声说道："这里会有吸毒的，要小心别踩到针头。"呀！会这么可怕啊。

玩到傍晚时分，我们考虑去哪儿解决吃饭问题，海滩周围空荡荡的没有饭店。丁丁听老板说有个叫垦丁大街的地方很热闹，我们走到马路上却既找不到指示牌也等不来出租车，确切地说是连车都看不见。碰巧旁边来了一群学生也是要去垦丁大街，有个男生说他知道路，我们索性跟他们一起走。

结果却是走啊走啊，从兴致高昂走到筋疲力尽，沿着荒凉的海岸公路不停地走，走得天都黑了，终于看到拍《海角七号》的夏都沙滩酒店，一问门卫才知道还要往前走。这个声称自己知道路的男生真是坑人啊，我都快匍匐前进了，可在这前不着村后不着店的路上又不得不继续走下去，我根本不知道自己走了多远多久，看到垦丁大街街口的麦当劳标志时，简直要激动得热泪盈眶，这是胜利的曙光啊。

垦丁大街完全是另一个世界，喧闹、拥挤、灯红酒绿。一些女生上身只穿比基尼在逛街，吸引了不少目光。路边的商店堆满海滩

风的纪念品：花花绿绿的长裙、沙滩裤、贝壳风铃、椰丝小包、鸡蛋花耳环。沿路的小摊摆满各种食品：海鲜、水果、现制冷饮。街上有几家酒吧，音乐开得震天响，火辣的女生捧着酒在路边兜售，酒吧门口的台子上站着穿丁字裤热舞的辣妹，摆出种种撩人姿势，引得门口排起长长的队伍。这也太、太纸醉金迷了吧？虽说北京也有著名的酒吧街后海、三里屯，可没有一条大街有这阵势，充斥着令人喷鼻血的比基尼女生。

我们在一家卖贝壳饰品的摊子前流连许久，买下不少贝壳手链、项链，老板娘胖胖的，听到我们的大陆口音很开心："我明年就不做啦，要嫁到大陆去了。"她一边穿项链一边说："你们大陆女生怎么都结婚那么早，台湾女生要到二十八九才嫁。"

"都结婚这么晚吗？"

"对呀，要好好挑一挑嘛。"老板娘听说丁丁还没有男朋友，转身从摊子上拿起一条手链，给丁丁系上："这是送你的！孔雀之珠，这个招桃花的，会很快有男朋友哦。"又伸手一指摊子，对我说："妹妹，你再随便挑一个吧，送给你。"早就听说台湾南部的人热情大方，果不其然。

谢过老板娘，我们和别人拼车回民宿，司机听说我们是走过来的，大吃一惊，原来坐车回去都要很久。我是怎么走过来的，现在连我自己都很吃惊。

Dear 大牛：

你有没有看过《海角七号》或者《我在垦丁天气晴》？要是没看过就快去看啦，因为我现在就在垦丁。南部比北部热得多，我们经过台中的时候，那里风好大，穿长袖长裤都吹得直哆嗦，难怪台中有那么多大风车，的确适合风力发电。不过垦丁这里就热多了，海滩上、街上超多比基尼女生，而且个个都超正哎，我的目光都被她们吸引了。要是你来……呃，你不许看。哈哈！大概只有海南的亚龙湾能和这里的海相比吧，大陆北部的海水可没有这么蓝，相比之下都是灰蒙蒙的。丁丁很忧虑，她说垦丁的海大大提高了她对于海的审美标准，要是将来结婚没钱出国度蜜月，连去海南都没法让她激动了，那可怎么办。我想，只能攒钱去马尔代夫了吧。

晚上在垦丁大街吃了海鲜，种类非常多，不过鉴于台湾本身物价要高些，所以海鲜价格也不算便宜。我们吃了海鲜没吃饱，又去吃了肯德基。唉，来垦丁还要吃到处都有的洋快餐，我自己都觉得好汗哪！

二

来垦丁少不了要去寻找《海角七号》的足迹，民宿一楼张贴的恒春半岛旅游地图完全按照电影取景地标注，分明是一副《海角七号》旅游图。

第二天一大早屋里别的女生还在熟睡，我和丁丁就起床奔赴恒春古镇，去重温阿嘉和友子的爱情故事。

我俩在恒春镇溜溜达达。早上的恒春镇只有菜市场是热闹的，许多阿公阿嬷在菜摊前讨价还价，鸡鸭在笼子里叫得响亮，没有拴链子的土狗在人群中穿梭。虽然是清晨，阳光却非常刺眼。出了菜市场一切都显得很寂寥，街道上没有什么人烟，路旁是低矮的小楼房。路两旁的小店都没有开门，估计到晚上才营业吧。走出很远都难得看到人影。

走着走着，丁丁看见离城门口不远有棵大树，兴奋地拽我："快看快看，这不就是《海角七号》里那群老人聚集的树吗？"

"电影里有这棵树啊？"我一点儿印象都没有了。

走了没多远，丁丁又大叫："快看快看，这不就是电影里的警察局吗？"

"有警察局啊？"我还是不记得。

没走几步，丁丁叫声的分贝明显提高："快看快看，这不就是那个教堂吗？啊呀，前面是阿嘉的家！"话音未落人刺溜一下就蹿出去了。

教堂？不记得，我简直要怀疑自己有没有看过这部电影了，好在阿嘉的家我记得，只是眼前这个房子完全看不出来是电影里的样子啊。印象中那是个发出淡黄色灯光的温暖小楼，很美丽的白色小房子。可是眼前的房子看起来有点儿破败，在一排二层楼的尽头，又比其他房屋都矮一截，像是临时搭建的一样，再加上周围房屋大门紧闭，这条街像是荒废了许久没有人住过。仔细对照墙上贴的电影海报，才相信这的确是阿嘉的家，我只想感叹导演太有才了，能拍出那么好的效果。

阿嘉的家门口挤满游客，大多是女生，在挑选明信片塞到门口的邮筒里。丁丁坚持要去阿嘉工作的邮局寄明信片，我们问了路去找邮局。邮局大厅也挤满了写明信片、盖章的游客，基本上都是女生，看来《海角七号》打动了无数少女的心哪。丁丁花了将近一个小时的时间写明信片，把各种印章盖个遍，还专门写上一句：但愿阿嘉这次不要把它再忘到角落里去了。结果事实证明，在我们回大陆之后这批明信片还没有寄到她朋友的手中，阿嘉还是将它们忘记了。

当我们再回到民宿时已是中午，街道上像变魔术般冒出来超多游客，下午就是音乐节第一场演出，看来春浪音乐节的吸引力比我想象的要大得多。

可以说街上的游客百分之百都是年轻人，各式各样的年轻人。跑车、越野车呼啸而过，还有豪华车队招摇过市，放着震耳欲聋的摇滚乐，戴太阳镜的男生面容冷峻，几乎每辆车子里都有一个或几个正妹，穿着热裤或比基尼，站在敞篷车中长发迎风飞舞。成群结队的摩托车如过江之鲫，拥在并不宽敞的摩托车道中左躲右闪飞速离去。打扮犹如艺术家的男生手持单眼相机，对面前经过的正妹们咔咔拍个不停。

这会儿轮到我傻眼了，哪来这么多富二代？哪来这么多正妹？哪儿冒出来这么多年轻人？捧着一杯思乐冰和丁丁呆呆地站在7-11门口，从来没见过这样的阵势，可以预见今晚的春浪必定够给力。

为了抢占观看演出的有利地形，我们提前两个小时就来到猫鼻头，结果看到入场大门口已经排了弯弯曲曲上百米长的队伍，天哪，这是来了多少年轻人啊！排在我们后面的是两个来自香港的女生，专程跑来台湾看音乐节。排在前面的是个二十多岁的男生，从台南骑了一夜摩托车来看春浪，因为住不起民宿，今晚还要连夜赶回去。啧啧，春浪的魅力可太大了。

意外地看到这里有马拉桑小米酒卖，就是《海角七号》里面的马拉桑啊，我当即跑过去买下三瓶，回去送人他们一定喜欢。丁丁看到我抱着三瓶酒回来无奈极了："这么多人，一会儿碰碎了怎么办。"我担心别处买不到嘛，就一路抱着沉甸甸的三瓶马拉桑挤进会场。

晚上正式开始前有几个小时的乐队比赛，天还亮着，气氛也不够 high。主持人黄子佼出来热场："哎，这边绿衣服的 show girl 不错哦！""那边红衣服的更正哦！"引导着摄影师拍场中比基尼 show girl 的特写，只见超大屏幕上不断出现她们的胸部、臀部特写，观众乐得哈哈大笑。唉，幸亏黄子佼不在大陆，要不然早下岗失业了，台湾娱乐尺度够大！

随着天色变暗，观众越聚越多，乌泱泱一片人海望不到边。当天空黑透，星星亮起，一声贝斯的旋律令全场沸腾，春浪正式开始。恰如《海角七号》阿嘉的那场音乐会啊，只是场面更大。数万观众随着音乐大声高歌，挥舞双臂，夜色下的猫鼻头公园变成了巨大的露天舞厅，随着观众的蹦踏，地上黄土飞腾起来，在头顶形成一团黄色的沙尘随着海风扑向大海，每个人浑身上下裹满尘土也毫不在意。

热狗和张震岳的出场将音乐节推向高潮，众人扯着嗓子高唱"我爱台妹，台妹爱我"，要知道这首歌在大陆有些省份的 KTV 被禁唱了，貌似内容不够健康向上吧，谁知道和他其他的歌相比，这个绝对是最健康向上的。一首《狗男女》让台下观众跟着他们振臂齐呼"狗男女、狗男女”，接下来一首粗口歌更是上演了数万人齐声呐喊“操你妈个逼”的壮观奇景。我哪里还顾得上欣赏啊，华丽丽地被吓傻了，抱着我的三瓶马拉桑在汹涌高歌的人流中惊得嘴都合不上了。尺度，这才叫尺度大呀，真是台湾的音乐节，换别处怎么听得到。

演出到凌晨一点才结束，我们沿着漆黑的山路走了许久才拦到出租车，回到住处已是凌晨三点半，耳朵被音响震得还在嗡嗡作响，丝毫没有困意。春浪是一次难得的体验，人生怎能缺少春浪！

Dear 大牛：

听新闻说，这几天垦丁来了二十万游客，我不知道一场春浪能有多少观众，但场内场外都是望不到边的人海。音响声音实在太大了，我用手把耳朵堵上还是受不了的震天响，听完春浪三个小时耳朵仍嗡嗡作响，真是把我给震傻了。猫鼻头公园地势很好，长长的峭壁伸向海中，不过地上寸草不生只有黄土，你知道听这么 high 的音乐，人一定是会跳的，扬起铺天盖地的沙尘，我的白 T 恤变成土黄色，红裙子也变成土黄色。可怜我的裙子啊，还没来得及跟大海合张影就这么废了。

我们第一天去的海滩如今遍布酒瓶，晚上那里有小型音乐会，到处是喝高了的年轻人，我可没敢去凑热闹，安全第一呀。路上也增加了警察，据说是稽查毒品的，这样荷尔蒙旺盛的场合真的会有人吸毒。音乐节吸引来如此之多的年轻人，你能看到各种青春在这里展现得淋漓尽致。如果有机会，你一定要来看春浪，绝对不虚此行。

14 小琉球

这不是普通的鸡哦！
养足了一年才杀的！送你们吃！

虽说做交流学生学习是第一位的，但旅游这事也丝毫不能放松，抓紧每一个没有作业的周末，四处体验台湾的风土人情。北部玩得差不多了，决定去南部走走。

出门前，被台湾同学告知："早上上班时间台北车站人非常多，要小心点儿哦！"怀抱着一睹北京式早高峰的壮烈心情我们踏上了旅途。却没想到所谓"拥挤"的人流尚不及北京同时段的五分之一，唉，好吧，连春运都经历过的我们也算见过"大世面"了，还有什么好惊讶的呀。

走上站台，哎？走错了？核对手上的票、站台标志、列车时刻表，没错呀，可是……站台宽度竟然和捷运站台无异，空荡荡的，没有熙熙攘攘的人群，没有拖着行李箱狂奔的旅人，没有拿着大喇叭呼喊的工作人员。列车到站，没有乘务员站在各自的车厢门口检票。区间车驶来，上下车的都是典型的上班族打扮，这是火车站？忐忑地等来开往高雄的火车，坐定，哈！原来这么不一样！乘客满员，但行李架是空荡荡的，推着食品车的女生走来，声音低而轻柔："点心，有需要的吗？"

这实在是和大陆差别很大，高铁的舒适都是类似的，但慢车的情形却大不同，原来绿皮车的经历是大陆特色。大陆慢车的座位是面对面的，中间的小桌子上摆满吃的喝的，行李架堆到放不下，要塞到座位下面。走道上站满了人，也有铺张报纸坐地下的，随身带小马扎的，还有因为太困半个身子钻到座位下睡觉的。要去洗手间得“翻山越岭”，小心抬起腿，看准地板上一点儿小空隙，稳而准地踩下，再转移重心拔起另一只脚。卖食品的乘务员务必要声音洪亮：“让一让，让一让啊！香烟啤酒矿泉水烤鱼片了啊！白酒饮料方便面火腿肠了啊！”

一路辗转，火车、汽车、轮船，到达小琉球已是傍晚时分。港口的墙上涔着成群的黑鲔鱼图案。四处走走，蓝天碧海，远处的中央山脉也是天蓝色的，半山腰是一抹乳白色的云，泡沫般堆着，美得不像是真的。随着夕阳西下，海那边的灯光陆陆续续亮起来，在波涛中闪闪烁烁，仿佛沿着天际线拉起一条璀璨的钻石项链。

沉醉在美景中，被咕咕叫的肚子拉回现实。发动摩托车去寻找饭店，或许因为不是周末，开门的店并不多，看到一家小店里坐满了阿公阿嬷，想必都是当地人，饭菜应该不错。点了几道菜，正谈论着名叫三娘尾的鲨鱼皮会是什么口味，嘭！半盆鸡汤鸡肉砸在桌上。抬头一看，年约五六十岁的阿姨，鬈发，面色微红，张口一阵叽里哇啦。

我茫然地望着她：“不好意思，我听不懂。”

“哦，”阿姨顿了顿，换成普通话：“妹妹！这个给你们吃哦！我跟你们讲！这不是普通的鸡哦！养足了一年才杀的！一只要一千块！送你们吃！”

“啊？这……老板娘……”

阿姨不由分说从架子上拿下两个碗，哗哗盛满：“妹妹！快吃吃看！有没有不一样？嗳——我就说嘛！”

刚埋头品鸡汤，咣！又一盘鸡蛋娃娃菜扔在面前：“妹妹！送给你们吃！”

“谢……”另一个谢字还没出口，阿姨已不见踪影。一会儿又从人群中旋出来，一袋情人果举到眼前："妹妹！带走慢慢吃！"正当我惊愕不知所措，和朋友大眼瞪小眼之际，阿姨一手举着酱油，一手捧着盘子，里面是几片黑红色的生鱼片。阿姨弯下腰，一边往盘中浇着酱油，一边贴近我们说："妹妹！这是黑鲔鱼哦，一条要一百三十多万哦！这一块就要好几百，送你们吃！"

"请问，"我们慌忙拉住脸色红红的阿姨，"请问您是老板娘吗？"

"她不是啦，我是老板娘。"从喧闹的酒桌旁走过来一个粉红色衣着的身影，"她呀，是鸡婆啦！"老板娘笑嘻嘻地搂着阿姨的肩，"她是我们这里的前'议员'哦，"伸手一指旁边收拾酒杯的姑娘，"喏，可是她被女儿打败啦，她女儿现在是我们这里的'议员'啦。"

哇，"议员"哎，相当于大陆的人大代表吧？她还这么年轻呢……正胡乱猜想着，旁边那几桌酒足饭饱的当地人开始起身离席，老板娘赶快招呼正走过来的阿公，说那是小琉球的乡长。头发银白的阿公听说我们是北京来的学生，大手一伸："How are you ? Nice to meet you !"拉着我们的手用力一握："欢迎我们的同胞！"

一众离席的客人喧闹着走向门外，微醉的阿姨在人群中穿梭，继而又回身到我们桌前："妹妹慢慢吃，吃完过来玩，一定要过来哦！"阿姨重复着这句话，摆摆手，转身消失在远去的人群中。

刚来台湾的时候就听学校的师长讲，南部人和北部人不一样，台北人比较冷漠自私，南部人热情大方。当时我还非常诧异，台北人已经足够热心和友善了，都好得让我出乎意料，南部人还能怎么个好法？初到小琉球的这顿饭，着实让我明白了什么是“他嚼槟榔，也一定要请你嚼槟榔”的热情。虽说“一方水土养一方人”，但台湾南部人却让我觉得像极了传统的大陆北方汉子，无论是西北还是东北汉子，尤其是纯朴的乡下农民，性格天然的直爽、憨厚、热情，说话大着嗓门，大口喝酒大口吃肉。他们一方是面朝黄土背朝天的农民，一方是临海而居的渔民，在地理上相隔千里，性格上却如此相像。若不是口音不同，热情的小琉球真会令思乡如我的人直把他乡作故乡。

Dear 大牛:

还记得我们地理书上的"琉球群岛"吗?我没有去日本啦,我在小琉球。这边正好是黑鲔鱼季,我吃到了黑鲔鱼的生鱼片,而且还是别人送的哦!是不是我人品大爆发呀?正巧我们吃饭的饭店里在宴请船长,都是当地人。送我们黑鲔鱼生鱼片的是前"议员",她好热情哦,给我们端来很多吃的,以至于都吃不下!这是我第一次吃生的黑鲔鱼,有一点点的腥味,不过配着芥末还是非常好吃的,很新鲜。一起吃饭的还有小琉球的乡长,头发都白了,竟然用英语跟我们问好。那个年龄会讲外语的人应该不常见吧?

乡长称呼我们为"同胞",听到这个词心里好温暖啊,当时鼻子都有点儿酸酸的。以前听说台湾南部非常"绿",总看到他们反对统一、反对共产党、游行示威的新闻,担心会有不友好的事情,没想到他们这样友好!我还去看了废弃的炮台,面对的是台湾海峡,唉,那种心情哦,你懂的吧?小琉球的海很美,真想留下来,做个渔夫也是幸福的事!

15 绿岛

阳光、沙滩、大海，一切都刚刚好。

一

时间进入六月就变得飞快，在台湾的日子过一天少一天，想到还有那么多美丽的地方没来得及去，脑袋一个就变两个大。悲催的是六月又是考试月，期末报告、论文，唉，脑袋要变三个大了。这就是我当初逞强修多门课的结果——作业堆积成山。丁丁对我的悲惨状况只有一句话——“自作孽，不可活。”

思考良久，决定弃课出游，少上几节旁听的课影响不大，可要是不出游，谁知道我什么时候才能再来台湾啊。虽然现在开放自由行，但限制条件那么多：户籍、收入……随便一个都不是我这样的穷学生能符合的，无论是等奋斗到达标那天，还是等政策再放开，似乎都不是指日可待的事，此时不玩更待何时！在日历上用荧光笔将六月的每一天都标记好：哪天要上课，哪天要交作业，哪天可以出去玩。

在会馆里见到熟悉的人就打听：“知道有谁要去兰屿吗？”这最后一个月，想找一起出行的人太困难了，要么是有些人已经去过，要么是时间凑不到一起。幸运的是我找到了两个伴儿——珺珺和嫒嫒。她俩也是大陆交换生，和我来自同一个学校同一个研究所，不过我们是来台湾后才认识的。她们俩是有着雪白皮肤的姑娘，嫒嫒高高的个子，戴着眼镜，看起来像是做律师或者医生的人；珺珺披肩长鬈发，模样极其温柔淑女（认识她之后才发现我是被她的外表欺骗了，性格完全不淑女）。

定了出游的时间，我自告奋勇订车票和旅店。火车要坐夜班的，这样可以省住宿费，旅店要选套餐式最优惠的，这样至少能省五百台币……一切搞定，就等出发。有去过的同学问："订船票了吗？"什么，船票也需要提前预订？赶快打电话，结果被告知当天没有发往兰屿的船，只有去绿岛的。哎呀，可是火车票都买好了。嗫嚅着跟珺珺和嫒嫒商量，既然都是从台东发船，要不我们先去趟绿岛再转战兰屿？没想到她俩想都没想就答应了，真是好脾气呀。就这样，我们歪打正着圆了去绿岛的夙愿。

早上六点到台东，睡眼惺忪地跟一堆游客挤在车站化妆室洗脸、刷牙，外面的阳光明显比台北刺眼许多，坐在台阶上愣神，还带着起床气。

"去富冈渔港吗？三百块。"出租车司机是个年轻男生，车里放着欢快的流行音乐。转过一个大弯，浩渺的大海赫然出现在眼前，心一下子亮起来，哇，好蓝的海啊！或许是因为很少看海的缘故，看到海我就特别开心。记得小学四年级夏令营，坐了十几个小时的车到山东威海去看海，海水是灰蓝色的，也不十分透明，但巨大的沙滩和无边无际的大海让幼小的我兴奋极了，冲进波浪里蹦来跳去，直到冻得浑身发抖才肯上岸，回家后向别的小朋友炫耀了一整个暑假。生活在内陆的孩子看海不是件容易的事，有些人一辈子都没有看过大海，或许台湾的同学很难体会那样的心情吧。

早上正值富冈渔港的鱼市，刚打上来的鱼按种类码放在地上，鱼身上贴着纸标签。穿着胶鞋的当地人走来走去，熙熙攘攘。我们仨都是在内陆长大的，不太认识海鱼。“这个鱼怎么长得像UFO？”“这是什么鱼，颜色真鲜艳，是不是热带鱼啊？”“哎哎来看这个，好大的眼睛，还是突出来的！”看了一圈，也只认识带鱼和鲔鱼。这些鱼并不是明码标价售卖的，而是拍卖，情形和我在电视里看到的日本鱼市一样，人们拿着号码喊出自己愿意给的价钱，只是说的不是日语罢了。日本文化留在台湾的痕迹果然很重，许多小细节都在提醒着你，这里和日本有怎样亲密的关系。

工作人员拿着喇叭喊："去往绿岛的游客，可以登船了！"人群呼啦啦地朝着港口一艘写着"绿岛之星"的船拥过去，人群中挤着各式各样的草帽、太阳镜、花裙子、人字拖，典型的海岛度假风。

我们坐在靠窗的位置，船刚驶出码头就猛烈地左右倾斜了一下，海浪哗地拍在窗户上，水成股地顺着玻璃流下来，像下雨似的。一位阿公走出来，看样子应当是工作人员，他清清嗓子："咳咳，各位，今天运气不错！没有什么风浪……"

唔——人群中发出一阵轻呼。"这是没、有、风、浪啊？"前排几个女生窃窃私语。对啊，那要是有风浪该颠簸成什么样了？

阿公说："大家可以去甲板，前面直走到底左转。"我立刻跳起来，左摇右摆地走向甲板，珺珺和媛媛留在座位上小憩。

白色的甲板上阳光格外刺眼，风呼呼地吹着，不一会儿头发就变得黏腻而凌乱。海水是非常深的蓝色，和台湾北海岸与西海岸的颜色都不一样，大概因为那些地方是海，而这里是洋的缘故吧。海水在阳光下呈现出丝绸般的质感，平滑细腻，星星点点白色的小浪起起伏伏。正午的太阳烘烤着，海风湿热，船乘风破浪地上下颠簸，竟有点儿像摇篮一样的感觉。眯着眼睛昏昏欲睡，摇摆得十分舒服，浪最好再大一点儿，大一点儿嘛！

"绿岛，绿岛到了，排队下船。"

这么快就到了？还没坐够呢。来之前还有人跟我说去绿岛、兰屿坐船会吐，怎么可能，这么舒服！看来是他们太夸张了，要么就是我身体素质太好了不晕船吧。不过事实总是教育我们，做人不要得意太早，我后来去兰屿时的遭遇恰恰印证了这一点。

绿岛的码头上挤满了举着民宿牌子等待的人，下船的旅客四下寻找着自己订的民宿牌子。好不容易找到我们订的那家，老板是个四十多岁的阿姨，正拿着摩托车钥匙等我们三个。“妹妹，有驾照没有？”

“没……”我刚开口，珺珺就抢过去说：“没事，我们都会骑，我们去别的岛都是自己骑的。”

貌似在离岛对摩托车管得都不太严格，去各地玩过的交换生回来说，在本岛我们没有国际驾照很难租到摩托车，但是在离岛就可以。经不住珺珺的软磨硬泡，老板答应给我们摩托车：“不过你们要先骑给我看，骑得走才可以，不会的话阿姨是不给租的哦！”

接过摩托车钥匙，民宿老板、摩托车行的老板和老板娘都站在那儿看我们三个。天哪，我从来没有骑过摩托车！也就两个月前在垦丁骑过一次电动车，那还是我平生第一次，也是唯一一次骑电动车。可是总不能骑自行车去环岛吧，那还不得累死？据说摩托车和电动车比较类似，应该也骑得走。强装淡定走向摩托车，其实完全是打肿脸充胖子。插上钥匙，糟糕，怎么发动？此刻应当是脑袋三道黑线，外加一只乌鸦呱呱飞过……回想上次看丁丁骑摩托车，发动车貌似是按着右手边一个按钮，同时转动油门还是要同时捏刹车？嗨，管他呢，三个一起捏吧。哇，竟然发动了！一点点转动油门，车子慢悠悠骑了出去。得意地骑回来，阿姨撇撇嘴："看你也不太会骑，就骑这辆小车好了。"

轮到珺珺，因为我们的套餐费里只包含两辆摩托车，需要载媛媛，因此要了一辆大摩托车。珺珺大剌剌跨上车，猛地一转油门，嗡——"啊！"几乎是同时，摩托车行老板和老板娘大喊一声，一前一后抓住车："你怎么能加那么大油门！这样要出事的！"

"哎哟！你们也太大惊小怪了！"珺珺提高音量，"哪里会了！"

"不行不行，你快下来，也去骑小车，这个你不能骑。"

"这根本就没事的！"珺珺有点儿不高兴。

"妹妹，"摩托车行老板娘板起脸来，"你们父母只生你们一个，一个！出来玩要平平安安。绿岛路不平，有悬崖。上次有个学生就天黑看不清路又骑得快，撞到石壁上……"老板娘伸出食指，弯了一下，两眼定定地看着我们。

是啊，阿姨说得也没错。珺珺只好接过另一辆小摩托车的钥匙，我们仨慢悠悠地上路了。

Dear 大牛：

我是在绿岛给你写这封信的。绿岛是个小小的离岛，挨着太平洋，海水是深蓝色的，和小琉球的海有不一样的美。我来之前听到一些人感叹，绿岛被开发得太商业化了，逐渐失去了它那种天然的美。不过也有游客喜欢它的商业化，因为这样很便利，而且套餐式的旅游项目会比较便宜。你不是念过旅游管理系吗，那你怎么看呢？

在上海的时候，很喜欢听黄浦江上渡轮的汽笛声，这次来绿岛坐了一个小时的船，也算小小地过了把瘾。他们说现在已经过了飞鱼季，不然的话应该能看到许多飞鱼从船边飞过吧，据说像鸟一样。我觉得在离岛会有种天高皇帝远的奇妙感觉，有点儿世外桃源的逍遥味道，脚步也慢下来了。日出而作日落而息，只想看看海，在沙滩上捡贝壳、小蟹，随便走走，什么时候走到哪里都无所谓。傍晚了就看落日，天黑了就看星星。嗯，是不是很棒？再斟茶一杯，吟诗几句：举杯邀明月，对影成三人。

哦，this is the life。

二

虽然不是正午，太阳却热辣辣地刺眼，果然是南部的阳光。

在这样的小岛上骑车，更是完全暴露在阳光之下，没法打伞也没有树荫可寻。我倒是带了防晒的长袖长裙，不过看到珺珺和嫒嫒完全吊带裙的清凉装扮骑摩托车，心想不穿也无大碍，只涂了些防晒乳就去环岛。

小岛上没有高楼大厦，没有喧闹的人群，四周望去只有浩渺的大海，天空似乎也变得更加辽阔，小小的人就这么被夹在天与地之间，唯一的环岛公路上还是空荡荡的，经常“前不见古人，后不见来者”，竟然也让人生出一种身在草原或戈壁的苍茫之感。

在这样空旷的路上骑摩托车倒也并非难事，只要不冲到海里去就好。跟在珺珺后面，慢慢地加大油门，也骑得煞有介事，偶尔还能瞥两眼周遭的风景。

要说来台湾最大的收获，那就是学会了骑摩托车，因为我是个连自行车都骑不好的人。从小到大，家离上学的地方走路都不过十分钟，用不着骑车。上了大学就住在学校里，校园也不是超级大那种，走路就可以，也不用骑车。所以我骑自行车的技术只限于把车骑走，曾经试图上路，除了没撞车，什么人啊，栏杆啊，石头啊，门啊，我都撞过。至于摩托车以前更是没碰过，也不敢碰，如今能骑着摩托车风驰电掣，太有成就感了。

只是没骑多久，手臂和腿开始有灼烧感，看来我低估了这里太阳的火力。在这样的大太阳下骑摩托车，双臂双腿就这么直愣愣地杵在那儿，任由太阳照射，这跟晒咸鱼干有什么区别。骑了不到半个岛的距离，我就眼睁睁地看着手臂和腿的颜色开始变深，红色、黑红色、棕色，然后呈现出一层炭烤般的黑色，以短袖和短裤为分界线，像是穿了黑丝袜。我是涂了防晒乳还是晒黑剂啊!

“珺珺，珺珺，等一下，我要回去穿长袖，你们要拿衣服吗？”我从后面赶上来问她。

珺珺看看自己：“还好吧，我不用。”

珺珺和媛媛本来就是皮肤超白的人，只穿吊带裙居然一点儿变黑的迹象也没有，在阳光的照射下反而因为反光更显得白了。简直太没道理了，我本来就不白这下晒得更黑，难道人也像衣服一样，白色会越晒越白吗?

上次丁丁她们几个交换生从澎湖回来，晒得跟非洲土著似的，好笑的是胳膊和腿上都有一条明显的分界线，一边黑得更厉害些，连太阳晒的角度都能看出来，被我着实取笑了好几天。这下完了，我都能想象丁丁将以怎样猛烈的笑声来回报我。

晚饭后我们在民宿门口会合，老板说有导游带我们夜游绿岛。

在门口等我们的是一个男生，大约二十出头的年纪，有些腼腆的样子。

“嘿，原来是你呀。”珺珺推着摩托车过来和他打招呼。

“嗯！”男生抿嘴笑笑，“到齐了吧，那我们走吧。”他打开车灯，把车推到队伍的最前面。

珺珺对我说：“他是老板娘的二儿子，咱们住的店不是叫‘小丸子的家’嘛，他姐姐叫大丸子，他妹妹叫小丸子。”

“那他呢，是什么丸子？”

“哎，我忘了问了。”珺珺摸摸后脑勺，哈哈一笑。

我们一众人开着摩托车奔驰在绿岛的夜色里。他知道我们车技不好，便有意骑得很慢，有时还停下来等我们跟上。

行至一处，他停下车来，举着手电筒在一大丛植物上细细寻找，忽然很开心，小声叫道：“快看，我找到一只大的！”凑近一看，一只细长的节肢类虫子趴在树叶上。

“咦——什么啊，好可怕。”媛媛忙不迭躲到一边。

“青蛙！”珺珺故意冲媛媛大叫一声。

“啊呀呀呀！”媛媛叫着跳起来。

“不要怕啦，这是竹节虫。”他举着手电筒照着那只一动不动的虫子，“你来看，现在已经很难找到这样大的了。”

媛媛看到没有她害怕的青蛙，小心翼翼走过来，给竹节虫匆匆拍了几张照片以作留念。

我们在夜色中继续前行。天上的月亮已接近满月，虽然岛上没有路灯，但依然显得很亮堂。漆黑的大海反射着月光，闪闪烁烁。

他在前面骑得很慢，不时停下来打着手电筒，给我们看绿岛特色的植物，夜行的牛、鹿，偶尔还有横穿道路的椰子蟹，点着脚高举双螯，急慌慌地从灯光下跑过。

拐过一个大弯，来到绿岛监狱的门前，这里过去是关政治犯的地方，现在已经改造成旅游景点供人参观。他用手电筒照着那些字，问我们会不会介意。顺着光看过去，院墙上写着“光复大陆国土”，山上凿出一块平整的墙面，有几个白色的大字：“灭共复国”。

珺珺摆摆手：“没事啦，我们不会介意。”

那个时候，台湾管我们叫“共匪”，我们管他们叫“国民党反动派”。连这座小小的离岛都不是真正的世外桃源，逃不脱被政治洗礼的命运，不知这里的山这里的海，见证了多少悲欢离合。

“那边有什么？”珺珺指的是道路岔口的反方向，陆续过来的旅游团都是往我们这个方向走的，没有人去岔口的那边。

他告诉我们：“那边是政治犯的坟地，也有些风景，以前也有导游带去那边，但总是会出一些事情，车坏掉、灯突然不亮，还有游客回来之后会生病，所以现在都不带去那边了。”

珺珺来了兴致：“我们去看看呗。”

“啊——不要！”我和媛媛异口同声地反对。听到这么毛骨悚然的事，就是鬼故事也不敢在晚上听啊，何况他还有板有眼地说是真事，一股寒气从背后升起。

“怕什么，我自己一个人晚上都走过坟地呢。我根本不信有什么鬼神。”珺珺发动车子就想往岔口的那边去。

我赶忙拦住她：“明天白天再去吧，晚上你自己也不安全不是？”虽说我从小接受的是无神论教育，可万一突然蹦出个鬼来证明我的观点是错的，我可没珺珺那么淡定，绝对会尖叫一声昏死过去。

看到我们没有坚持去那边，他也暗暗地松了口气。

夜游结束，他要回温泉那边，听说他兼了好几份差：带浮潜、做导游、在温泉打工。他却完全不觉辛苦，一说起明年就要去本岛念大学，脸上是掩饰不住的神采。

珺珺和媛媛决定去泡温泉，我要去商店买纪念品，就此暂别，一个人驶进绿岛的茫茫夜色里。

Dear 大牛：

你知道我学会了什么新本事吗？估计你猜也猜不到。我会骑摩托车啦！其实也没什么难的，跟电动车感觉差不多。好在绿岛路上人很少，要是像台北那样拥挤的道路我可不敢骑，那就太危险了。

晚上夜游结束是我自己回来的，一开始也没觉得有什么，后来就越来越害怕。天那么黑，也没有灯，路上除我之外一个人都没有！孤零零的岛，孤零零的我，凄凄惨惨戚戚……你知道我很怕黑的，又是在荒野一样的地方，万一冒出个什么，呃，不敢往下想。

我把车开得飞快，油门都拧到头，风驰电掣到迎风流泪！我想唱些有气势的台湾歌曲应该能壮胆，不过想了半天吼出来的是"忠孝东路走九遍……"。这一路太漫长了，以后再不干这种吓死自己的蠢事了。

哦，我还以为自己骑得超级无敌快呢，结果老板告诉我这辆车最快也就是时速五十多公里，得，又白得意了一回。

三

一大早就被热烈的阳光唤醒，等不及她俩起床，我收拾好东西就冲出去看海。

吸取了昨天的教训，今天出门戴了安全帽、太阳镜、超大口罩、长袖、长裙、帆布鞋，坚决不让一寸肌肤露出来。

骑着摩托车，头顶就是大太阳，虽然全副武装能防晒，可也热得不透风，一会儿就闷出一身汗，头发湿漉漉地贴在前额，还带着海腥味。骑了不到半个岛的路程，太阳镜镜片和摩托车后视镜上就变得雾蒙蒙，连指甲上也有很黏腻的一层，抠也抠不掉。

行至一处有沙滩的海岸，我停下摩托车。海边一条长长的栈桥伸向海中，涨潮时海水会刚好没过桥面，沿着桥走看起来就像会使水上飞的功夫，踏浪而行。我在温热的沙滩上坐下来，旁边一群群的年轻人奔跑嬉戏，不乏惹火的比基尼女生。海浪的声音在我听来是非常美妙的，练瑜伽做冥想的时候，总会幻想自己躺在热带小岛的白沙滩上，海浪拍打着礁石，阳光明媚，想着想着心就会静下来。此刻的绿岛，阳光、沙滩、大海，一切都刚刚好，恰如美梦成真。索性在沙滩上刨出个坑，把自己埋起来躺着，透过太阳镜看见朵朵白云飘过，脚边是一浪一浪的波涛，偶尔能看见几只寄居蟹窸窸窣窣从身边跑过。酷热的太阳烘烤着，听着海浪声，不一会儿就迷迷糊糊进入梦乡。啊，这生活实在是太幸福了！夫复何求！

半梦半醒中被手机铃声吵醒，是媛媛："要登船了，我们在码头见吧。"

还是来时的那趟"绿岛之星"，我们歪打正着去到上层VIP包厢，座位宽大许多，走道也宽敞。靠着椅背，伸直腿，正打算继续做美梦，旁边伸过来一张脸："哎，你们是哪里来的？"是坐在我旁边的大叔，一身灰色运动服，脚边放着一个大箱子。

我朝他微笑：“大陆，在台北念书。”

“哦，大陆人。”

我转过头闭上眼睛，酝酿睡觉的情绪。

“哎，你们在绿岛有吃到当地的东西吗？”

“没有。”

大叔来了兴致：“你们一定吃不到！绿岛的东西产量很小，都只够他们自己吃，你看从船上运过来那么多菜啊肉啊，那都是给外地人吃的。”他踢踢脚边的泡沫箱子，“这是绿岛产的鱼，我和乡长是好兄弟，每回来都给我带！哎，你们游客都吃不到。”

“哦，是吗，原来是这样呀。”困意难耐，本想让珺珺或媛媛接了这话头，扭头一看她俩在后座早就开始呼呼大睡。

“你们去过日月潭、阿里山吗？”大叔问我。

“去过日月潭，阿里山还没去，不过要回大陆了，估计也来不及去。”

“要去阿里山找我呀，我女儿在那边当兵，我经常去那里，能去游客到不了的地方。”大叔掏出手机，“你电话多少？去阿里山给我打电话，我最近正好要去。”

啊，这也太热情了吧？报上自己的手机号码和名字，没想到他一听更开心了：“你姓张呀，我姓廖，咱们是一家！”

这……我有点儿糊涂，张和廖？一家？

大叔给我解释："我姓廖，往生了我就姓张，墓碑上也刻'张'的。"

我更糊涂了，怎么还有往生了要改姓的？

他看我不信："你回去问台湾的同学，廖往生了是不是姓张！他们都知道的。"

我本来打算回程的时候好好睡上一觉积蓄体力，下午还要坐船转战兰屿，结果一路都在跟廖叔叔聊天，眼看要到码头，已是哈欠连连。

"走，下船我请你们吃鱼，跟着本地人才吃得到。"廖叔叔不由分说搬着大箱子就下了船。这要是以前，我哪里敢跟陌生人走啊，也就是在台湾待了几个月才适应这样的热情。

廖叔叔走向码头上一辆白色的本田吉普，拉开后备箱把箱子塞进去："上车。"来到码头边鱼市，有一排破旧的棚子，里面有点儿阴暗，没人出来招呼，我还以为是歇业了。廖叔叔告诉我们，他们只做当地人生意，游客就是来了也不知道这里卖什么。说着他走进其中一家，熟练地抬起大木箱盖子，从冰块中抓起一条将近手臂长的鱼，跟老板用闽南语说了几句，老板拎起鱼走进勉强能称之为厨房的地方。

我们在木条凳子上坐下，廖叔叔盛来几碗米饭。刚倒上啤酒，老板就端来一盘炸鱼排。廖叔叔递给我们筷子："快吃，这都是他们早上才打上来的鱼。"看样子只放了盐，吃起来却非常香。

转身的工夫老板又端出来一盘，是生鱼片，色泽很像鲔鱼，但腥味更淡。媛媛从来没吃过生的鱼，犹豫半天尝了一点儿，接着就大口大口吃起来了。

不过一杯啤酒的工夫，红烧鱼块、鱼头汤也上了桌，老板做菜的速度太快了吧。一条鱼分不同部位用不同的做法，倒都是鲜美至极。

只是这样一顿饭应该也不便宜，我们觉得很不好意思，对廖叔叔反复地说谢谢，他倒不以为意："好吃就行。我做生意会经常跑大陆，以后可以去大陆看你们。"说着从皮夹里抽出一张照片，"看，我儿子和女儿。"

"真好看呀，旁边那个也是你女儿吗？"

廖叔叔伸头一看："那是我太太啦。"听到我们赞她年轻漂亮，他开心地笑起来。

由于我们要找取款机取钱，廖叔叔又专程开车送我们去几公里外的7-11，之后又送我们回码头。如果不是他，这里出租车和公交车都极少，不知道我们还能不能赶在去兰屿的船出发前取到钱，据说在兰屿我们的卡是没法取钱的，真不知道如果是那样会有多麻烦。我们只是多了一点儿信任陌生人的勇气，就得到如此多的回报，幸福有时真的是件很容易的事。

Dear 大牛：

绿岛很热，又晒得厉害，看来夏天去南部玩真不是明智的选择，难怪冬天去海南玩的人那么多。不过即便被晒，躺在沙滩上睡午觉也还是十分惬意的。海浪就在脚边拍打，朵朵白云从眼前飘过。只是我不敢睡得太死，免得涨潮被淹掉。

出门玩忘记带水出来，被烈日烘烤得口干舌燥，差点儿被晒成咸鱼干。但路过绿岛机场的时候，我在一座小破房子上看见了“7-11 向前”的标志。太让人惊讶了，台湾超市的分布怎么如此之广，连这样的小岛上都有 7-11，真不可思议。冲去买瓶水灌下去，当时的感觉就是人生四喜之一，久旱逢甘霖呀！

下午我们要回台东的富冈渔港，再坐船去兰屿。本来计划后天回台北看金曲奖，半个月前就报名等门票了，那可是在小巨蛋，有许多一线明星呢！但是绿岛的美出乎我们意料，听说兰屿的风景也不在其下，我们决定放弃看金曲奖，多花几天时间旅游。美景比美人更值得一看！

16 兰屿

他们都是有故事的人，
我们只是一张张干瘪的白纸。

去了台湾三个离岛，最爱的当属兰屿。很多人说兰屿风景最美，于我而言，海的美丽都是相似的，只是在兰屿，或许是机缘巧合，或许是当地民风本如此，让我遇到了许多难忘的人和事。也正是在这些小岛上遇到的人，才最让我念念不忘。

一

在候船厅，旁边坐了个“怪蜀黍”，戴眼镜，络腮胡，背着帐篷、船桨，拉着行李箱，上面还绑了一桶肯德基的全家桶，手里牵着两只狗，浩浩荡荡的。他笑着向我们打招呼：“可以帮我牵下狗吗？”好啊，为什么不呢？小狗那么可爱！

上了船，珺珺和媛媛在船舱和大胡子的小狗玩，我跑去甲板，看着无边无际的大海，心情无比畅快。阵阵海风吹来，头发、衣服一起飘飘，何其美哉！曾经看到一本杂志上写度蜜月的方式，有一种就是坐豪华游轮横渡大洋，还是带游泳池的那种游轮哦。想想看，夕阳西下，迎着海风，手握一瓶香槟在甲板上，多么浪漫！

慢慢地离岸越来越远，渔港越来越小，渐渐变成一个点，还没等到看它消失在海平面下以证明地球是圆的，我就不舒服起来，肠胃不断抽搐。大胡子从船舱出来，看到我脸色难看地抓着栏杆，劝我不要站在船尾："这里油烟味大，更容易恶心的，来上面这层吧。"跟着他走到上层坐下，却越发难受起来。

大胡子不停地问："很想吐吗？有没有事？"

"嗯……"我连张嘴的力气都没了，勉强挤出一丝礼貌的微笑。

"哎，要吐你可以直接往船外面吐呀，只是要先告诉后面的人哦，我上次就被前面的人喷了一脸！哈哈。"

"嗯……"

"不要看后面，看远处的海平面，这样就不晕了。"

唉……我看了他一眼，连"嗯"的力气都没有了，这个怪蜀黍干吗这么多话啊，我要难受死了，不想跟你说话了。

"你要吐就吐啊，千万别憋着。"

……

"那我下去了，看我的狗有没有吐。你不要下去坐吗？"

你再跟我说话，狗没吐，我就要吐了。

转头看着海平面，还是晕啊，一点儿都不管用。猛然胃里一阵抽搐，赶忙向旁边的人招手："袋子，袋子，帮我拿个袋子！"撑开袋子"哇"地就吐了出来。我中午刚吃的鱼啊，都白吃了，刚进肚就又出来，太可惜了。哇…… 又是一阵吐。

吐完感觉轻松了一些，这样就应该没事了吧？试试看能不能睡着，我晕车的时候就喜欢趴着睡，睡着就不晕了。迷迷糊糊的也不知过了多久，只觉得一阵恶心涌来，拍拍旁边的人："麻烦，袋子……"趴着就吐了起来。好难受啊，这将来要是怀孕了可怎么办！天天吐还不要命啊，那我可不要怀孕。我也真是的，这么难受着还有工夫想这些。

也不知是被汗还是水浸湿，头发一缕一缕地贴在脑门上，每次吐都眼泪一把鼻涕一把，涕泗横流很是壮观。第四次吐完发现一只隐形眼镜粘在衣服上，我是吐得有多惨，隐形眼镜都能掉出来。已经到了在吐胆汁的程度，太阳穴也无比胀痛。模模糊糊地望出去，前面是海，后面是海，左面是海，右面还是海！此刻我完全理解了什么叫做绝望，要是像玩计算机游戏那样，伸出一只大手把我从船上拿出来该多好。豪华游轮蜜月还是算了，没有海军的体质怎么能奢望。时间已经比预计的多航行了一个小时，船长啊，拜托能开快点儿吗！旁边的人群忽然都指着大海欢呼，也不知道是看到了飞鱼还是海豚还是什么东西，唉，他们怎么不晕船啊，我连坐直的力气都没有了。我痛恨坐船！这辈子再也不要坐船了！

昏昏沉沉中听到有人在喊："兰屿！兰屿！"什么？到了吗？这消息真是一剂强心针，蓬头垢面地坐起来向外望，果然一座小岛已经越来越近。眼睛直直地盯着它，近了，近了，近了！嗳？怎么不靠岸啊，从岛右边绕过去了。天哪，这岛不会不是兰屿吧？那岂不是还要开很久。

“哎，你好，”我问身边最近的那个人，“请问这是兰屿吗？”

“是兰屿啊。”

是兰屿还不赶快靠岸，码头建那么远干吗，难道还要坐船环岛啊。

右边银发族旅游团在收拾东西准备下船，一位阿公走过来递给我一颗黄色小药丸：“看你脸都白了，喏，晕船药，返程的时候吃吧。提前半个小时吃，半个小时啊。”另一位阿公伸手指指我脚边一堆呕吐袋：“来，我给你扔了。”别的阿公阿嬷一边笑着对我说：“妹妹，走吧，跟我们团去玩好啦。”一边伸手扶我下楼梯。阿公阿嬷人真好，出门遇见好人真是幸运的事。只是他们都那么大年纪了还精神矍铄，我反倒要被他们照顾，情何以堪哪！

坐在码头的地上等民宿老板，大胡子发来短信：“晚上一起吃饭吧，介绍我的当地人朋友给你们认识。”当地人？很想知道他们到底是什么样子的呀，是不是还要穿丁字裤下海捕鱼啊？驾着红白相间的帆板船？如果我能缓过来的话，就和珺珺、媛媛她们一起去。

大胡子所说的地方是个小木屋，木质的屋顶、木质的地板、木质的桌椅。建在环岛公路边上，伸向大海，长长的海岸线拥着这座小屋蜿蜒而过。拾阶而下，屋外的石滩上有一艘陈旧的木船，他的两只狗正站在船上看海。

大胡子说他叫Frank，是老板的朋友，那桶肯德基就是带给兰屿的朋友的。他听说我们暗地叫他“怪蜀黍”很是生气：“干吗要叫‘蜀黍’啊，才比你们大十岁好不好，要叫哥哥！”

这个木屋是兰屿第一座全木的屋子，是他们一根一根用木头搭起来的。屋内灯光昏黄，放着英文歌，藤编的灯罩在天花板上映出错综的影子，木柜子里摆满了各种酒和玻璃杯，吧台后的工读生忙忙碌碌，门梁上挂着一颗风干的林投果，阵阵海风从窗户扑进来。屋外廊下，几个当地人围在大木桌旁吃鱼喝酒。这是个既欧式又本土的小店，别有一番风味，老板应该很有品位吧。

Frank给我们介绍，那个黑黑壮壮的就是老板。老板嗓门挺大：“你们就叫我强强好了！”矮油，这么man的外形配这么可爱的名字。后来工读生悄悄告诉我们，他们可不敢叫老板“强强”，都是叫“强哥”的。强强招呼我们坐过去。四周一打量，谑，每个当地人都好黑啊，黝黑黝黑的，像南亚人。

身边的大叔说：“你们从北京儿来啊？哎，我爸爸也是从大陆儿来滴！俺是山东人。”他的口音既不是闽南语也不是普通话，而是刻意说山东话，难懂又奇特。大叔咧开嘴笑，露出一排缺了一颗

大胡子朋友的木屋

的牙："我们给老板儿盖房子，哎，他请我们吃好的，既是朋友又是老板儿嘛！来来，给你尝尝儿，这是我们兰屿男人儿的药儿。"说着从盆里夹了块生鱼肉，"吃嘛，它是甜丝儿丝儿滴！"

呃，不是土生土长的当地人啊，那也这么黑哟。大叔跟我说："兰屿的男人就是要黑，待在家里不干活才是白白的，不养家，那要被别人看不起！"他们二话不说就给我们三个的杯子添上酒，是绿茶兑本地的小米酒，虽然酒精浓度很低，但我这种毫无酒量的人还是不敢挑战。他们依次端着杯子邀我们——"喝！"我唯恐拒绝会触犯了当地人的禁忌，只好稍稍地抿一些。

对面的大叔问我们都是哪个省来的，说他爸爸是从湖南来的："那个时候大陆都要背毛主席语录，爱毛主席。我们就是被他们斗来斗去才搞得背井离乡嘛，有家不能回，祖父母都没有见到，应该怪他们才对！来，喝！"哎，这话也不是没有道理，我也实在不知道怎么回答，还是莫谈国事吧，喝酒喝酒。

Frank 说晚上可以带我们去夜游，看角鸮（猫头鹰）。这些当地人争先恐后地伸着脖子向我们模仿角鸮的叫声。

"你们要模仿母角鸮的声音吸引公角鸮，'嗯——娘！嗯——娘！'"

"我给你们说哦，交配期公角鸮就会叫：'我要——我要——'，母角鸮就是：'要——要——'"

"哎，他们的小朋友也会叫，'唔咕——'，意思就是妈妈不要离开我。”

“鸟语和人语是一样的啦……”

珺珺趴在我耳边悄悄说：“他们说话有点儿粗俗哦。”我想，或许这就是本色的当地人吧。他们生长在这样阳光热辣、海浪澎湃的小岛，每个人都像岛上的草木一样，天然去雕饰，是大地和海洋的孩子。和他们聊天，不用拐弯抹角，不用试探，防备，他们喜怒鲜明，热情纯朴。还是让这座小岛保持它的本真吧，我身为游客而来，却希望这里少一些旅游开发，不要让商业污染了它的纯净，那是祖辈和大自然最珍贵的传家宝。

工读生给我们上餐，摆上雪白的大瓷盘，沉甸甸锃亮的刀叉。在这样的情境下享受一份精致的西餐，算是冲突的美吗？窗外的海浪拍打着礁石，击出雪白的泡沫，对面山上的丛林在晚风中树影婆娑，天上是一轮明亮的满月，身旁偶尔传出虫鸣的窸窣声。兰屿，第一眼看到，我就喜欢上了这里。

Dear 大牛：

我到兰屿啦！你知道它在哪儿吗？嘿，不告诉你，自己去地图上看吧。兰屿超级无敌美啊，就算我在来的路上饱受痛苦折磨都值了。从台东到兰屿是有小飞机可以坐的，我们不知道要提前很久订票，所以只有船可以坐。大概是风浪的缘故，船颠簸得厉害，还多航行了一个小时！我吐了一路啊，浑身都是痛的，呜呜呜。

兰屿这里有当地人，我还不是很了解他们，明天会去看他们的房子和船。岛上还有森林呢！我们晚上去森林里夜游，看到了角鸮和半透明的蜗牛。这里的每棵树都有记号，分属于各个家族，据说是爷爷在造船的时候就种给孙子的树。哦，羊啊猪啊都是放养的，没有人管，它们都有耳洞！一看就知道是谁家的，是不是很有意思呀。

这里人很热情，晚上和当地人吃了饭，民宿隔壁的游客还邀我们去喝啤酒吃海鲜，我被晕船折磨坏了，没有力气去赴宴，只好洗洗睡了。

二

早上和 Frank 约好去浮潜。珺珺和媛媛都浮潜过，我还是第一次浮潜，既期待又紧张。我们来到海边的潮间带，礁石形成大小不一的水池，从尖利的石头上走过去，就在这样的半封闭的水池里浮潜。有的水池已经有人在浮潜，三三两两地漂在水面上，露出一截呼吸管，很是有趣。

穿好防寒衣、救生衣，Frank 仔细地跟我讲目镜和呼吸器应该怎么戴，进水要怎么办，在水下如何用手势沟通。Frank 让我在浅水处先把脸埋进水里感受一下，哇，眼前的世界一下子变得不一样，珊瑚、礁石、小鱼，还能听得到自己呼吸的声音。告诉 Frank 我没问题，他轻轻一推，我就漂进了海里。啊呀，水这么深！六七米也是有的吧！我从来没有下过这么深的水，去游泳池也只敢在水深不超过一米六的地方待着。惊恐地伸手去抓 Frank，可怜 Frank 还拿着相机要拍水下美景，就这样被我像抓救命稻草一样死死拉着，毫无自由移动的可能。其他人陆续下到水里。媛媛连救生衣也不穿，下了水就像小鱼一样游来游去，还试图潜到更深的地方去。

随着波浪慢慢地漂，耳边是水流和呼吸的声音，水底波光粼粼，阳光一束束地直照下来。四周是白色、紫色、橘色、粉色的珊瑚，

有的像花朵，有的像鹿角。缤纷的鱼群就在其中来来去去，黄色、蓝色、红色、白色，条纹、斑点，圆的、长的、扁的……水底有一大簇海葵，摇曳着半透明的触手，橘色加白色条纹的小鱼在其间穿梭隐没。哈，尼莫！这不是《海底总动员》里面的尼莫吗？他的好朋友多莉有没有在这里？不知什么时候我已经松开了Frank，任由波浪把我推来推去。工读生递给我一小块面包，示意我用它去喂鱼。面包的碎屑在水中弥散开来，鱼群立刻蜂拥而至，叼起一块碎屑，灵巧地一转身又游走了。越来越多的鱼向我们游来，哦天，怎么还有大鱼？比我脑袋还大！虽然它黄蓝相间相当美丽，可我还是害怕它的个头，丢下手里的面包落荒而逃。我终归是个陆生动物嘛，来到海洋生物的地盘，见了老大还是绕道走比较好。

“喂，你们还要潜多久啊？十二点了，吃不吃饭啊？”珺珺在岸上冲我们喊。

踉跄地爬到礁石上，果然太阳已经在头顶上。Frank提议：“走吧，去跳水！这是浮潜完的必备项目。”

“那走嘛，跳！”

来到不远处一个废弃的码头，地面距离水面大约两米高的样子，Frank和珺珺一人站一边举着相机：“看你们俩的啦！”什么？就这样让我和媛媛跳啊，一点儿准备都没有呢。我看着旁边的工读生：“来做个示范嘛。”他浅浅一笑，什么也没说，走到池边“扑通”跳了下去。啊？这么迅速……那好吧，我俩跳……

吸气，助跑，闭眼，屏气，跳！双脚腾空的一刹那我超后悔！超怕！心里大喊：救——命——啊！坠落的时间无限漫长，跳楼的人在这样的刹那会不会也后悔？一股海水从鼻腔灌进去，凉凉的，顺着喉咙流到嘴里，很咸。这种事也只有一时冲动才会做吧，深思熟虑后估计就不敢跳了。曾经一直以为自己是超爱刺激运动的人，幸好蹦极的夙愿还没去实现，这两米跳水我就差点儿在半空中吓晕了，蹦个几十米的高度还不直接吓死过去。原来我对极限运动只是叶公好龙而已啊。吭哧吭哧爬上岸，连累带吓已是筋疲力尽。走吧，回去吃饭，下午环岛。

兰屿的阳光真够强烈的，就在头顶上炙烤着，人的影子在正下方。我长大的地方纬度高，影子都是斜着的。这让我想起初中地理书讲纬度的课文，画着个黑人小朋友，影子圆圆的在脚下，注释说，热带地区，太阳直射。这样大的太阳，不晒黑才怪呢。从头到脚涂满防晒乳，再裹严实：摩托车帽、太阳镜、超大口罩、长袖、长裤，三个咸蛋超人出发去环岛啦。

兰屿和其他离岛不同，它有很高的山，有森林，有草原。海浪漫，山稳重。在别的小岛我只想做个游客，在兰屿会觉得住下来也

OCEAN
THE

是不错的事。这里的海又是我见过的海里面最美丽的，不同地段的颜色都不同。不透明的碧绿、宝石蓝、深蓝，有些海岸可以看到不同的蓝色交错在一起，除了惊叹我想不出什么词汇来形容它。

奔驰在路上，天上的云在路上投下影子，飞快地飘然而去，这是我第一次知道，云也有影子。吹着海风，追着云影，偶像剧也没有这样浪漫的剧情吧！我们三个一路走走停停，拍照，看风景。走到朗岛部落，看到石滩上停了很多帆板船，红白相间的颜色，两头高高地翘起，插有动物的羽毛。我们停下车，正要去一探究竟，跑过来一个戴黑框眼镜的男生："嗨，你们也在呀，一会儿可以搭你们的车回去吗？"我正纳闷，这人谁啊，认错人了吧。没想到珺珺哈哈一笑："好啊。小新，美伢在哪儿呢？"

"你认识啊？"我低声问珺珺。

"这不是上午带我们浮潜的工读生嘛，他们都叫他小新。"哦，这样啊，上午戴蛙镜，下午戴眼镜我就认不出来了，我是相当不擅长认人的。

珺珺问他："你是台湾人吗？"

"不是啦，我是澳门的。"他说话声音轻轻的。

"哇！"珺珺大呼，"Macao！"

啊，澳门人哎。虽说香港澳门回归十几年了，但在感觉上他们还是和大陆别的地方不一样，我也没有和香港、澳门人打过交道。

工读生小新

他瘦瘦白白的，小小的脸，小小的嘴，戴着超大的黑框眼镜，有点儿日系，站在他身边我倒感觉自己五大三粗的像个男生。我们还以为他是十八九岁的大学新生，没想到已经有二十六岁，时光好像没有在他身上留下印记。珺珺一路不停地问他："你怎么看起来那么小？你是怎么保养的？" 小新除了嘿嘿地笑也说不出个所以然来。

我问他："你为什么会来兰屿？"

"朋友给我的信息，这边可以打工换民宿，在这儿待一个月。"

他讲普通话的音调很不一样，明显的粤语味儿，在大陆通常称其为"港台腔"，但这会儿听到他讲话，我才发现港腔和台腔差距很大。我说：“我小学的时候去过澳门，不过只是在海上绕了一圈，当时小姨夫还教我用粤语数数来着。”

“那你还记得吗？数数看。”

呃，这都十几年前学的了，让我想想，“嗯……丫、亿、仨、塞、姆、喽、擦、八、勾、撒。对吗？”

“对呀。”

哈，没想到竟然还记得，学语言就得小时候学嘛。

石滩上几个当地人小孩子正在玩水。一个小孩子抬头问我们：“你们是台湾人吗？”他黑黝黝的，非常大的眼睛，长长的睫毛。听说岛上许多当地人都是混血的，他应该就是吧。

“我们不是台湾人呀。”

“那你们是韩国人吗？”

珺珺笑着逗他：“喂，韩国人说普通话能说这么好吗？我们是北京来的。”

“哇！”小男孩扭头冲着其他几个男孩大叫：“老大！他们是北京来的！”

我们对澳门感到很新奇，当地人小朋友对北京感到很新奇，我们倒都是彼此眼中的稀罕物了，是应该坐下来好好聊聊。

兰屿让我感到有点儿遗憾的是没有沙滩，在这样的石滩上看海，坐久了屁股都是痛的。那环岛完还能去哪儿玩呢？小新说青青草原不错，可以看夕阳还可以看星星。那下一站就奔赴青青草原吧。

青青草原的位置向西突出，地势也比较高，可以毫无遮挡地看夕阳落进海里。那儿有个当地人和飞鱼的雕像，珺珺管它叫“光屁股哥哥”，我们就在那儿看风景。

坐在草地上微风徐徐，我们有一堆奇怪问题问小新：澳门回归之前和之后有差别吗？你们是不是英语都特别好？你会讲葡语吗？你会做葡式蛋挞吗？你去过大陆吗？……这哪里是聊天，分明是个答记者问的现场。和小新聊天我才知道，原来他们来台湾很方便，他们可以在这边考驾照，可以念这里的大学，学历互相承认，他们上研究院用申请就可以，不用考试……原来，我们有那么多的不一样。

我问小新粤语难学吗？他说普通话有四声，粤语是九声。九个声调？太难以置信了，除了我熟悉的四个音调以外，连第五个都想象不出来会是什么样。小新伸出手指，一个指尖代表一个音，以“冬”为例，九个声调分别是……还说什么最后一个声调必须要讲前面的三个才可以连出来之类。我听得目瞪口呆，这粤语的声调怎么跟五线谱一样，像是用不同的音高在唱歌。右边坐着的两个女生听见我们的聊天，笑着说了句什么，小新眼睛一亮：“她们是香港来的。”

挥手打招呼："雷吼啊！（你好）"两个女生很开心地开始用粤语跟他聊天。我坐在中间左看一眼右看一眼，除了他打招呼的那一句，我再没听懂一个词。如果此刻是陕西妹子和山东大汉在用方言聊天，我一定会觉得很亲切，但是澳门和香港，那种感觉却是既近又远。

太阳一点点地下沉，天空和云彩都变成了橘色，海也映出橘色的光芒。湿热的海风开始变得凉起来，影子慢慢地拉长又慢慢地变淡。坡上的青草轻轻摇摆，像一道道绿色的小波浪。人群散去，暮光中影影绰绰。空气也寂静下来，只有海浪冲向岸边的声音，单调地重复。

一轮满月升起来，哇哦，这真是海上升明月。天越来越暗，星星一颗一颗地显现。好多好多的星星啊，满天繁星，一直到海天相接的地方都是星星，好像一个大浪打来就会把它们打落到海里。我从来没有见过如此美丽的星空，城市里的夜晚只有几颗星星在头顶，有时一颗都看不到，天空也是被城市灯光照出的暗红色。兰屿，你让我见到了多少平生没有见过的美！月亮格外的明亮，它的光芒在这夜空中显得耀眼，穹庐形的天空是深蓝色的，海天相接的地方有云慢慢升起，像在海上生了根一般，伸向天空。仰望，满眼的星星，像撒了一捧宝石在天上，璀璨，晶莹。真该有个地方可以躺下，面对面看着它们。

小新说，前两天月食，他们躺在木屋的屋顶上看月亮。哦，在海边的那个木屋啊，那可真是美妙的事。我在台北的会馆，窗外只有高山，看不到太阳和月亮。

之前我和她们吹嘘，我认识大熊座、小熊座、天后座、猎户座……珺珺很开心，那我们拼拼凑凑就可以知道所有的星座啦！

可是，可是，怎么一个认识的星座也找不到！仰着脖子一颗一颗星星仔细看，前后左右脖子都要折断了，除了头顶的大熊座竟然拼不出第二个星座！这是怎么回事！转念一想，兰屿和北京纬度差很多，星座位置当然不一样啦，你看这不能怪我嘛。小新从包里掏出 iPad，找出星座图，定出月亮的位置，举着 iPad 找星座。对着天空举了半天，只找到他认识的天蝎座。天空满是星星，iPad 星座图上也满是星星，可是什么也对照不起来，真是无奈又好笑。小新冲着珺珺和媛媛说："你俩不是英语专业的吗，快来给我翻译翻译这星座图的名字。"

"那你不是地球专业的吗，怎么还不认识星星！"

小新无奈："那星星又不在地球上，我哪里认识。"

用 iPad 放着音乐，我们四个就这样静静地坐着。音乐是奇妙的，当音乐在空气中弥漫的时候，即使一句话都不说也是美的。如果你在听音乐，可以闭上眼睛想一想，宁静的大海，深蓝的天空，满月，繁星，晚风轻抚，海浪轻拍，草丛摇曳，乐声袅袅。被美丽的夜拥在怀里，心也静默下来。

小新缓缓地讲起他的故事，他的家人，他的学校，他的工作，他的爱情，末了轻轻地叹口气："如果这是在台北，或者澳门，或者北京，我绝对不会跟别人讲这些，但是在兰屿……唉，我也只是兰屿的一个过客而已。"我静静地听着，没有打断。谁说不是呢，如果是在别处，我也不会这样坐下来听一个陌生人说话，生活在越是繁华的地方似乎防备就越多。而兰屿的夜，又美，又静，又长，不自觉地就卸下了伪装。

"你真的是叫'小新'吗？"

他拍拍胸口："是'小心'，心脏的心，因为我的名字粤语发音和这个词很像。"好吧，我不懂粤语，也想不出来是怎样的发音。他说，他是来台湾念大学才学会讲普通话的。因为喜欢台湾，回澳门工作三年，积攒了学费又回来读书，九月份开学要念师大的研究院。"你知道吗，我从没来过像兰屿这样不发达的地方，连超市也没有，但在这里我很快乐。上次和老板喝酒是我平生喝得最开心的一次，虽然没有喝醉，这和工作应酬是完全不一样的，他们人很好，真的非常好。"他忽而话锋一转："你一定没有去过酒吧。"

我一愣，他怎么知道？

"你不要因为畏惧一些事而去拒绝，多看人和事是没有坏处的……"

我并没有说什么，怎么就被人看透了？有点儿开心又有些沮丧。或许是说者无心听者有意，他淡淡地讲着，我心里却是极大的震动。他跟我说工作会有怎样的不如意，要怎样去对待那些人和事。我只有过短暂的实习经历，并不真正了解职场的状况，他随口讲的话在我听来是极有价值的忠告。想和他好好聊聊，或许能成为难得的好朋友，只是，这样的相遇也不过是萍水相逢罢了。

静默，静默。

“多芬。”我打破了沉默。

“啊？什么？”小新很迷茫。

我指指他：“那个，你用的多分吧。”有风吹过，我闻到淡淡的香气。

呵呵，他们都笑了。这真是个奇怪的转折话题。哎，我是多有本事能把温情剧一下子变成搞笑剧哦。

月亮升得很高，即使我们再想让时间停止，也还是该回去了。

Dear 大牛：

今天我好累啊，因为——因为我浮潜啦！你是不是很羡慕啊？嗯，我知道你一定很羡慕。刚开始下水的时候特别害怕，不过适应一会儿就没问题了，防寒衣和救生衣能让我漂在水面上，很安全。水下面的景色好漂亮呢，和电视里面的海底世界是一样的。

从水面上看的话根本看不出来有什么鱼，但脑袋一伸到水里才发现原来有好多鱼。你说，要是真能像美人鱼那样生活在海底多好啊，天天看着美丽的海底世界。浮潜完我们还跳水了，虽说只有两米高，但我还是吓到了！不许嘲笑我……这样看来跳水运动员确实很了不起，从那么高跳下去动作还很漂亮。

兰屿晚上的星空哦，太美太美了！当地人还说这两天云多，看到的星星不多呢，这样已经让我惊叹了。就算我再描述估计你也体会不到那种美，还是来亲眼看一看吧！

三

一大早我们三个骑摩托车到小木屋找 Frank，前一天他说好要带我们去爬天池。见到的 Frank 却是一脸愁容，说话也心不在焉，完全没有昨天的热情。媛媛问他：“你吃过早饭了吗？我们什么时候去爬山？”

Frank 握着手机走来走去，皱着眉头：“天池很高，上面的地方又没有阶梯，还是不建议你们去爬。”态度和昨天判若两人。

“没关系，我们体力很好！”媛媛说。

Frank 看看媛媛：“你昨天跳完水都爬不上来，体力不行，还是不要去了。”

“那是之前玩水耗费太多体力，我可以的。”媛媛毫不示弱。

Frank 叹气，指着媛媛的人字拖：“你的鞋子根本就不能爬山。”

媛媛想了想，对我和珺珺丢下句“你们先吃早饭”就跑出去了。Frank 在屋里转来转去，拿着手机自言自语：“唉，估计要回台北……”珺珺一边切吐司一边很不高兴地嘟囔：“我看他就是不想带我们爬山，找什么借口啊。”

“就是，要不问他要从哪儿上山，我们自己去好了。”

“是不是因为这个是免费的，没给他钱啊……”

我们俩不断以最坏的恶意来揣测别人，就快得出结论 Frank 人非君子了。媛媛呼哧呼哧跑进来，冲着 Frank 一抬脚："看，我换鞋了！我们走吧！"啊？她不是只带了人字拖来吗？哪儿来的运动鞋啊。媛媛一眨眼："我向民宿的工读生借的，尺码正好呢！"诶，她可是铁了心要去爬天池。这下轮到 Frank 无话可说了，苦着一张脸，走吧。

不知道是不是昨天夜里有角鸮飞临我们住处，今天才会如此不顺（兰屿人认为角鸮会带来噩运）。刚到天池山脚下我手机响了，传来低沉的男音："你在哪儿，在做什么？"感觉像是朋友打过来的，想了半天也不知道是谁的声音，对方也不肯说自己是谁。嘻嘻哈哈几句："你再不说是谁我可挂电话了哈。"对方很快地说了一长串话。

"什么？我信号不太好，没听清。"我扯着嗓门喊。

对方又重复一遍。

"啊？什么？"我还是没听明白讲的什么。

"唉！"对方叹气，又极慢地重复了一遍。

啊！什么！色情电话！差点儿把手机给扔出去。心里突突地跳，又像是被人击了一拳，很不好受。这下我也变成苦瓜脸了："珺珺，你们去爬山吧，我不去了。"

珺珺说："你听出来是谁了吗？我去替你收拾他！"

"没有。"

“他要再敢打来你就把电话交给我，我骂他！哦，不对，我还没接过这种电话呢，应该跟他讨论讨论。我说你干吗这么难过啊，不就一个电话嘛，有什么大不了！你觉得受侮辱了？”

“不是，只是觉得如果这真是我认识的人打来的……唉……我也不知道是谁……你快去爬山吧。”

珺珺一副恨铁不成钢的表情：“你呀！你呀！”摆摆手追 Frank 去了。

我在路边的凉亭里坐下，天还是很蓝，海也还是很蓝，欣赏风景的心情却不在了。一个劲儿地想他到底是陌生人还是我认识的人，把在台湾认识的男生从 A 到 Z 数个遍，大有我在明敌在暗的感觉。既有些被过分语言吓到，又怀疑是朋友而感到被背叛，五味杂陈，越想越羞愤，嘴巴一撇眼泪快要涌出来。正沉浸在独自悲伤的情绪中，两个从山上下来的男生跟我打招呼：“嗨，你自己在这里呀？”

哎？这人谁啊？我认人的能力的确很差。

“我刚看见珺珺和媛媛他们上去了。”这两人的衣服被汗水浸湿，裤子上沾着泥点，看来是从天池下来的。

哦，既然认识她们，那应该是住我们隔壁的男生了，第一天晚上邀我们去喝酒聊天，她俩去了我没有去。“我在这里等她们。”

两个人走下山去。过了大约十分钟，一个男生又跑了上来，手里拿着一杯海燕窝冰淇淋：“喏，给你，天太热啦。”他头上满是亮晶晶的汗珠，食指在嘴边做了个嘘的姿势，我还没来得及说谢谢，他已转身跑下山了。

哇，他的笑可真灿烂，和此时的阳光一样明媚。捧着冰凉的海燕窝忽然心情大好，人和人的差距怎么这么大呢？一个那么阴暗，一个这么阳光！老人说得没错，世上还是好人多。我要自己去环岛，不在这儿干坐着了。

骑着摩托车毫无目的地瞎转，大约是上午心情过于暗淡，以至于忽略了摩托车剩余油量，发现时指针已经停在了红色 E 的位置。这可怎么办，我连自己离加油站有多远都不知道，在兰屿手机信号又不好，要是抛锚在半路上那可惨了。四处张望，发现不远处潮间带有个黑黝黝的身影正往公路的方向走，应该是个刚工作完的当地人吧。我跑过去："你好，请问去加油站最近的路怎么走？"那个当地人走过来看看我的车："你跟我后面，我带你到路口。"看，我就说还是好人多嘛！

按着当地人指给我的方向，那是条横穿岛屿的小路。顺着路骑了没多远就发现不对劲，路是盘旋上山再蜿蜒而下的。兰屿的山好高啊，越骑坡度越大，大有坐云霄飞车开始上升的感觉。路又窄，弯又多，有些地方是二百七十度转弯，山路十八弯啊！这也太考验我的车技了，每次转弯都很难转过去，险些从路边冲出去，又要保持一定的速度避免倒栽。路上偶遇两个大学生模样的台湾男生，随口打招呼问我去哪儿。我说要去加油。他们让我在前面骑，他们跟在后面："万一你车子没油了我们还能带你，要不然停在这山上可怎么办。"好贴心哪！遇到这么多好人，我一点儿都不再为上午的事情难过了。歪歪扭扭以不超过时速三十公里的速度前行，他们就慢慢地跟了一路，直到看得见加油站，他们才告别驶向相反的方向。

傍晚再见到 Frank 的时候他又恢复了快乐热情的样子，主动提出带我们去环岛，去一般人不知道的秘密景点。路上 Frank 解释说，是和前女友有事情没处理好，所以早上才心情不好。看来是我们错怪他了。

和 Frank 越聊越开心，不知不觉已是满天繁星。珺珺和媛媛不停地问他一个又一个问题——是什么星座？什么血型？家在哪里？交过几个女朋友？为什么还不结婚？……Frank 一咬牙："嗨！反正今后我们再也见不到面，都告诉你们也无所谓。"我抱着膝盖仰头看星星，听他们聊天。星星好漂亮，我也去过不少地方，但没有一处的星星可以和这里的相比，连一半的美都比不上。兰屿的星星又多又亮，看了这颗又舍不得那颗，眼睛都不够用，恨不得生出千只眼睛，把这星星看个够。

Frank 说他出生在出产永和豆浆的地方。后来去加州念了大学，学的是经济。留学归来以后又转行在计算机公司工作，还在大学教过计算机。二十八岁那年一时兴起想学开飞机，努力了九个月考上飞行员。他拿出手机给我们看他在驾驶舱的影片，那是个肤白唇红的美少年，和眼前的大胡子怪蜀黍完全两样。Frank 说，后来他的父母得了癌症，他辞去工作改教小朋友英语，好有更多的时间照顾父母。其间带父母去各地看病，也练过一些类似气功的东西辅助治疗，但几年后父母还是先后离世。说到这里，他声音低下来："当父母都离开的时候，我想，我的人生还有什么意义？"他沉默，那一刻很安静。我不知道珺珺和媛媛在想什么，但 Frank 的这句话极大地震动了我，是啊，他还有两个亲姐姐，我是独生女，如果我的父母不在了，那我人生的意义又是什么？一种孤独、酸楚的感觉弥散开来。后来，我回大陆之后把这个故事讲给表妹听，当我说到 Frank 那句话时停了下来，表妹的眼眶也渐渐泛了红。如今的 Frank 似乎了无牵挂，终日带着两只狗四处逛游。世界很大，有父母的地方才是家吧。

最后一天上午，并没有见到小新和 Frank，发短信告别，小新回过来"BYE BYE 12345678910"。

坐船前，由于有上次晕船的阴影，心里分外忐忑，吃了阿公给的晕船药，昏睡一路，果然没有再晕。只是上了火车还在持续昏睡的状态，一直睡到台北才清醒过来。

台北的夜空没有兰屿那么美丽。离开之后，才发现他们的故事让我放不下。在我对他人的定义中，要么是完全不了解的陌生人，要么是相知相伴的朋友，像这样萍水相逢，相知却不再相见的，让我一时无措，不知如何归类。

讲给心源听，她是极聪慧的女生，这样的感觉也只有她听得懂。她说："你知道吗，我已经把阿左放下了。有些人，即使走近，也会发现你是一个世界，他是一个世界，永远不能相交。或许，他更看不到你还有一座美丽的后花园。时间止于那一刻恰是正好，过了，也就没有了这样的美。"

Dear 大牛：

之前看到书上说兰屿是个来了就不想离开的地方，我还不以为然，现在我也不想离开这里了。兰屿的风景的确好看，不过这里的人更好，不管是当地人还是遇到的其他游客。不知道是我幸运能碰到这么多好人，还是兰屿有什么魔力，可以把人变得很好，或许二者兼有吧。

在这边遇到一些人，都很聊得来，他们的一些话给我触动不小。遇到的一个男生都三十五岁了还是单身，问他为什么只恋爱不结婚，他说可能遇到一个对的人，再加点儿勇气就结婚了吧。

我不明白为什么需要勇气，难道不是爱一个人就会想要天长地久吗？可能是我阅历不够，体会不了吧。但我真的很喜欢听这些人说话，他们都是有故事的人，不像我们几个只是一张张干瘪的白纸。现在看来，读万卷书也需要行万里路，认识更多的人比行万里路更重要吧。

17 凯丝和凯兰

帮外国朋友写中文情书。

凯丝和凯兰都是在台湾的外国人，她们并不是姐妹，只是由于英文名字中有类似“凯”的发音，所以取了相似的中文名字。凯丝是台湾血统的美国人，凯兰是墨西哥裔的美国人。

那天我一个人去野柳玩，野柳地质公园入口处聚集了大批大陆旅游团，工作人员站在风化的大石头中间不停地喊：“请不要摸石头。请不要摸石头。”一片喧闹。我独自向公园深处走去，想寻个清静处。走着走着，身后响起两个女孩嘻嘻哈哈的说话声，一会儿用英语，一会儿用汉语，但又听不清在说什么。我走得快她们也走得快，我停下来拍照她们也停下来，真是奇怪。

我走到空旷的马路边等回程公交车，过来两个短发女生，笑眯眯地问：“请问去台北坐哪个车？”她们都是黑发黑眼睛，普通话却讲得很勉强。我指指站牌，告诉她们这两辆车都到。

有点儿胖胖的女生笑嘻嘻地看着我：“嗨，那个，我们就是刚才一直跟着你的人呀，嘿嘿。”

啊？有这么打招呼的吗？

她伸出手：“你好，我叫凯兰，她是凯丝。我们可以跟你一起坐车吗？”

我上下打量她们，凯兰脸上有两个深深的酒窝，个子不高，看起来也不像坏人，应该不能把我怎么样：“那……好吧。”

上了公交车，凯兰在我身边坐下，掏出厚厚的笔记本，又掏出一支笔，还没开口先笑起来：“请问，‘语气’和‘口气’有什么区别？”

不是吧，上来就考语文题啊。我绞尽脑汁，结结巴巴解释这两个词的不同，又分别造了好几个句子，试图说明区别。凯兰看着我，若有所思地上下点头：“啊——哦——”好吧，我猜她根本没听明白，我听不懂外语的时候也是这副模样。

凯兰笑嘻嘻地合上本子：“我问了好几个人，他们都说一样，你是第一个告诉我区别的。”她又从大包里掏出一本书：“那你可以给我讲讲这是什么意思吗？”她指着书名《蛋白质女孩》：“蛋白质的意思我明白，什么是蛋白质女孩？”

啊呀，这个，就算是让我给中国人讲，恐怕也难以表达清楚，更何况她还是外国人。我问她：“你为什么要学汉语啊？”

凯兰转转眼睛，呵呵笑：“因为，因为很有趣啊。”

“你为什么要来台湾？”

“哦，我来之前都不知道有台湾这个地方。”凯兰接着说：“来这里有奖学金，我就来啦。”

我发现她写的是繁体字，标注的却是拼音：“你怎么不学简体字呢？”

“噢，这个，那我说了你不要生气呀。”她笑着说，“因为繁体字，很美。简体字，不美。”大概是怕我不开心，她马上接着说：“噢，那个，你说话真好听，和台湾人不一样，和我的北京老师一样，真好听。嘿嘿。”那是，怎么说我也是学过播音的嘛，凯兰的话的确让我很受用。凯丝中文没有那么好，插不上几句话，倒头在后座呼呼大睡，车窗外的夜色变得浓重。

中途到站，停车，一对日本小情侣下车。女生不会讲中文，一手拿一百元，一手拿一千元递给司机。司机很为难：“你们要付两百元啦。”女生愣愣地站在那儿举着钱。司机无奈：“我们不能接触钱的呀。”女生茫然地看着司机，举着两张钱。车子停在路边走不了。我心想，这可糟了，没有会讲日语的人，难道车子就没法开了吗？后座一位阿姨掏出钱放进投币箱，对女生挥挥手，女生鞠一躬跳下车子，阿姨感叹说：“在国外，语言又不通，多为难哪。”

凯兰扭头对我说：“我喜欢台湾人，他们都很 nice。你呢？”

“嗯，我也是。”

“可是我不喜欢台湾的食物，很少辣椒。”

“我也是，你能吃辣呀？”

“那当然，我是墨西哥人嘛。中国有辣椒吗？”

“有！干辣、麻辣、香辣……”我滔滔不绝讲中国地理讲历史，讲文化讲文学，从唾沫横飞讲到口干舌燥。跟外国人用中文聊天就是爽，如果换成说英语，我们肯定早就相对无言了。凯兰睁大眼睛努力听，每当她露出酒窝上下点头“噢——噢——”表示明白的时候，我就知道她一定没听懂。

临告别，凯兰拿出本子：“写下你的联络方式吧，我联络你。”我还以为这只是客套，没想到过了几天，凯兰真的约我出来。

凯兰和凯丝约我到市中心著名的便便餐厅，坐在马桶上，加了玻璃板的浴缸就是桌子，两大份便便状的冰淇淋装在马桶样的容器中端上来，来这个餐厅真需要勇气。我想起一则笑话。便便上有两只苍蝇，小苍蝇问妈妈：“为什么我们总是要吃屎呢？”苍蝇妈妈

呵斥道:“吃饭时不要说这么恶心的话!”我觉得自己此时好像那只小苍蝇。

凯兰和凯丝一边大呼“恶心”，一边用手机拍照。凯兰拿手机让我看，有一张她和一名外国男子的照片。

“这是你的男朋友吗?”

“哈哈哈，他是我丈夫。”

怎么会?凯兰才上大一啊。看我不相信，凯兰笑得更得意:“我在酒吧遇到他，他是欧洲人，我们结婚，过五年他可以有美国绿卡，我可以有欧洲绿卡，再离婚，为什么不呢?”

“可是,那要在这五年内,你遇到了特别爱的人想结婚怎么办?”

凯兰一耸肩，摊开双手，摇了摇头。

“那，你家人没有意见吗?”

凯兰瞪大眼睛:“这是我的事情啊。”继而笑起来，“他们知道也没关系啦。”

难道西方人都这么想得开吗?我要是敢这样做，一定会遭到老爸老妈的男女混合双打吧。

“那个，”凯兰忽而变得腼腆，未开口先红了脸颊，“你，能帮我个忙吗?”她嘻嘻笑着，慢悠悠掏出一张纸，捂在胸前犹豫了一下，还是递过来:“你教我怎么写吧。”

打开一看，一笔一画的繁体字:“……我喜欢你很久了……”

前后颠倒的英式中文，涂涂抹抹夹杂着英文单词，是情书哎！我要疯了，刚冒出来个老公，怎么又出来个暗恋对象。凯兰太不按常理出牌了，搞得我都不知道要怎么接招。

凯兰捂着嘴笑："我喜欢一个台湾男生，我要写情书给他，可是写不好，你教教我。"凯丝在一旁吃着便便冰淇淋，只是嘿嘿笑。

没问题，我最爱助人为乐，更何况是成就姻缘的好事："我来写，你想说什么？"

"嗯，你就写，我从来没有想过会喜欢台湾男人，因为台湾男人不太有自己的看法，要听妈妈的。他不一样，嗯，他还会关心女人……哦，你要写他很帅！"凯兰一字一顿，绯红了脸颊，像一只红彤彤的墨西哥小辣椒。

我撸起袖子奋笔疾书："我写简体字你看得懂吧？"

"没问题，没问题。"

一旁的冰淇淋变得瘫软，各种颜色混杂着流下来，粘在"便池"壁上，更像一堆排泄物了。

我把工整的情书递给凯兰，凯兰一边看一边笑，折好夹进本子里："我抄一遍给他。你太好了，谢谢你！"说着张开双臂就要送给我一个热情的拥抱。

聊到将近晚饭时分，凯兰和凯丝的寄宿家庭阿姨打来电话，问她们几点回去吃晚饭，我们就在便便餐厅门口告别。凯兰挥着手叮嘱我："一定要把地址发给我，我给你寄明信片。"

这是我们在台湾最后一次见面，我要回大陆，凯兰回美国，凯丝会去芬兰读研究院。一别之后，或许很难再见了吧。

Dear 大牛：

我在大陆时没有一个外国朋友，不曾想来台湾反而陆陆续续结识了不少国外友人。最近认识了墨西哥女生凯兰，她让我了解到许多与我们迥异的观念。

比如，在她的生活中，恋爱是完全由自己做主的。我问她要是父母反对怎么办？她说，父母又不了解我们之间是什么样，当然要听从自己的感受。这在大陆要被批评是不孝吧，家长肯定会说年轻人懂什么！还有，她的两个哥哥都是小孩子好几岁大了才决定结婚，她说孩子不是结婚的理由，爱才是。周围的亲朋根本不会因为未婚生子去非议别人，这在他们看来是正常的事。我听了嘴巴都合不上，这事情若是发生在我的生活中，怎么可能没有非议没有家长干涉呢？似乎事情本身并没有是非对错之分，是身处的规则不同罢了。

她还在发愁下学期的学费从哪里来，据她说学费当然要自己挣，家人在她满十八岁时给过一笔钱，但之后不会再有经济支持。你看，这也是不一样的，不过她们打工的薪酬要高一些，把学费挣出来也不会特别困难。

和来自不同地方的人打交道真有趣，能感受不同文化碰撞的激荡。从他们眼里能看到世界五彩缤纷，生活有多种可能。

18 Ann

你们要去问！
做传媒必须学会如何去问。

最初从网上看到世新选课表时，我把时间允许的课全选了，从周一到周五满满当当，多么爱学习的学生，哈。其中有位任课老师名字叫 Ann，我大脑不转圈地想，这老师怎么写个外国名字？上课一见面傻了，人高马大金发碧眼的美国美女，真是个老外啊。

Ann 一进门就搬开黑板前的木质小讲台，冲我们挤挤眼："我太高了，不用垫它，要不然你们就更看不到我的脸啦。"她的丈夫也从大洋彼岸飞来同她一起上课，瘦高个子，双目含笑，安静地找个角落坐下。

"那么，请大家介绍自己吧。"Ann 微微笑，长眼睫毛忽闪忽闪的，脸上一层淡淡的金色细绒毛。

旁边的台湾同学开始叽里呱啦说英语，他们上过一学期 Ann 的课，相当熟络。我在座位上却如坐针毡，唉，谁让我平时不好好练英语，见到外国人就开始腿肚子转筋，大脑一片空白。在自己的地盘上丢脸就算了，在这儿要是说得一塌糊涂岂不是丢大陆学生的脸嘛。更何况，系主任也来旁听，有领导在压力不是一般的大，那是亚历山大（压力山大）啊。

台湾学生依次介绍自己的中文名字、英文名字，啊，每个人都有英文名字？糟糕，我从来没有起过英文名字。眼看就轮到我，脑海中蹦出《哈利·波特》女主角的形象，磕磕巴巴开口：“大家好，我的英文名字叫Emma……”

Ann微笑地看着我：“哦，Emma，你是大陆来的。嗯……”提起笔在本子上写了些什么。

可是我发现从上第二堂课开始，Ann再也不叫我的英文名字，只是喊我的中文名字Hào，但对其他的台湾同学仍是叫英文名字。Ann告诉我：“系主任说，你的名字是大的意思，非常有力量，我喜欢你的名字。”在台湾，别人看到我的名字，第一句话总是：你的名字怎么只有两个字？第二句话是：为什么像个男生的名字？在大陆我还为重名的人多而苦恼过一阵子，现在听到老师说喜欢这个名字，真是开心。

Ann讲网络对生活的影响，她让每个同学也都举例说明。

轮到我，我说：“网络对婚姻有影响。比如现在许多婚恋网站特别火，加上相亲节目的催生，让不少人找到了另一半……”

在座的一位旁听博士生举手发问：“我听说，在大陆超过一定年龄的单身女生被称为‘剩女’是吗？”

“对呀，剩女有四个级别：25岁是‘剩斗士’，28岁是‘必剩客’，30岁是‘斗战剩佛’，35岁之后就是‘齐天大剩’啦。”

哈哈哈，台湾同学一片哄笑，纷纷掏出笔来："你慢点儿说，我记下来！"

在我看来是旧闻的东西，他们听到却是新闻。上 Ann 的课我发现，台湾和大陆学生的关注点差别非常之大。

譬如有次上课他们反复提及 KMT，我和另外两个大陆学生举手问："KMT 是什么？"台湾同学一脸不可思议："国民党啊。"有一次我提及周恩来，台湾同学迷糊了："你说的是谁？"这回轮到我目瞪口呆了，这可是妇孺皆知的周恩来啊，你们竟然不知道！

Ann 出了一个作业：了解有关世新创办人成舍我先生的五个问题。这作业也太简单了吧？一点儿都不像研究院的作业。我想这对于台湾学生来说应该闭着眼睛都能回答，Ann 又规定不许借助网络，那我只有从图书馆和成舍我纪念馆找答案了。

爬了好几层楼找到成舍我纪念馆，大门紧闭，黑洞洞的。我到一旁的办公室里试探地向工作人员索要资料，没想到她竟然对我说："请你进来参观吧！"说着掏出一大串钥匙开了门，打开所有的灯，还贴心地问："请问你需要看影音数据吗？我可以放给你看哦。"我的天，这是五星级的工作人员吗？印象里那些管理者都是冷冰冰高高在上，训斥别人是正常的，关怀反倒显得不正常了。我一个人站在硕大的空荡荡的纪念馆里，激动得心怦怦跳，为一个人而开的纪念馆，这待遇有一次就知足了。

再上 Ann 的课汇报作业，全班竟只有我一个人去了成舍我纪念馆，当然，他们不用去也知道答案。Ann 问其他人为什么不去。

他们异口同声："去了，门关着的。"

Ann 收起笑容，指指自己的鼻子："鼻子下面是什么？你们要去问！做传媒必须学会如何去问。"

此时，我才明白 Ann 出这作业的深意所在。

原本以为上外国老师的课，必定是学习外国文化和习俗，但由于 Ann 要求每个学生自己选题目做报告，上课变成了大陆文化和台湾文化的交流。

在这个班里有我、心源、洋洋三个大陆交换生，其他十余人是台湾学生。台湾学生一般喜欢依据当前新闻主题，选择类似国光石化之类的话题评论，此时我们仨就显得孤立无援，不上网搜寻数据的话，我们连他们说的是什么都搞不清。

有一次，心源做的选题是讨论婚前同居行为的。心源英语非常棒，又做了很漂亮的投影片。我听到这个题目就满头流汗，如此敏感的话题，心源你也太勇敢了吧？在大陆课堂要是讨论这个问题，何况还是当着女老师的面，应该会让老师同学都措手不及吧。我几乎是战战兢兢听完她的报告，期待着台下暴风骤雨般的反应，大家肯定要双目放光窃窃私语深入讨论。哪里料到在座各位，包括 Ann

在内仿佛什么也没发生，并且是连一点儿兴趣都没有。我百思不得其解，问旁边的台湾女生："你对这个问题怎么看？"

"这还用讨论吗，当然要同居了！"她的表情十分淡定，"不住在一起怎么知道对方合适不合适？万一他爱抠臭脚怎么办？"

额滴神哪，我没听错吧？不过我深信，倘若我或者我身边的那些姐妹们，胆敢向家人抛出如此观点，那要么是脑袋秀逗了，要么就是做好英勇就义的准备了，总之会被狠狠修理一番。

但也有时候，我觉得平常的话题反倒能激起他们的兴趣。比如，我讲了关于独生子女政策的话题。平时上课，Ann 少不了费口舌，点名让大家发言啦，提炼大家观点啦，唯独这一次，Ann 全程托着腮帮子一言不发，台湾学生你一言我一语，积极主动好像开记者会：

"为什么只让生一个？""生了第二个怎么办？""所有人都只能有一个孩子吗？""你们是不是很孤独？"

Ann 的丈夫 John 站起来，问："我想知道，你们在座多少人有兄弟姐妹，请举手。"

所有的台湾同学都哗啦啦举起手，只有我们三个大陆学生没有举手。哇，我们仨环顾四周，他们都不是独生子女，都不是哎。难怪在台湾的大街上，经常能看到年轻父母牵着两个，甚至三个小孩逛街的情景，这在大陆太罕见了。

Ann 试图用理论向大家解释为什么我们不觉得孤单，但下课之后，台湾女生还是惋惜地对我说:“你一定很孤单。”眼神充满同情。

Ann 摇摇头:“我都讲过了，讲了那么多，她们怎么还这样认为？”

我想，大概是我们身份无法互换吧，正如我永远无法体会有亲生的兄弟姐妹是什么感觉，她也不曾感知所谓“独苗”在家中长大是何种体验，我们都只能用自己的立场去揣测对方的感受吧。

Dear 大牛：

没想到我了解台湾生活最多的途径，不是台湾老师的课堂，而是美国老师的课堂。

美国老师的助教是台湾女生千，下课时我听到她在跟Ann讲她的父亲，一脸骄傲。我问她父亲是做什么的，她昂着脸告诉我，她父亲是农民，种百香果，在种植上取得了成绩，还获得了政府颁发的"神农奖"，并且打算把市场做到大陆去。说实话，我被她的骄傲震惊了。大陆有九亿农民，可是我还没见过身边哪一个同学、朋友会因为他的农民出身而骄傲，似乎官二代富二代才是值得炫耀的身份，甚至有城市女生的家长明令禁止她们找农村男生谈恋爱。越发觉得，台湾沉静而不浮躁，在这里总有机会感触到物质以外的东西，比如心灵深处。

那天我向Ann请教将来择业的问题，她说公司、职位都是暂时的，只有你自己才是最重要的，要听从自己的心。她用英文讲了很多，很动情，我悄悄掐着大腿才忍住没流下眼泪。

正如我在北京的老师所说，外出求学，重要的不是学到了另一种语言，而是从不同文化不同价值观的冲击中有所领悟，这是最宝贵的财富。

摄影/郑陆心源

19 Ann 生日聚会

还有更大的惊喜哟！

有一天 Ann 的课刚刚结束，助教千叫大家都不要走，一副神秘兮兮的样子。同学们围拢过来，千说："过两天就是 Ann 的生日，我们要给她一个惊喜，到时候大家都要准时来哦。"

我们看看 Ann，纷纷点头："一定去。"

Ann 不懂普通话，看看我们，摆出一个莫名其妙的笑容。

千传发短信 Ann 的丈夫 John，要他来配合我们完成这个惊喜。别看 John 已经是六十岁的人了，却像个大男孩一样，认认真真听从我们安排，一口一个 OK。

到了约定的时间，同学们悄悄地陆陆续续溜到 Ann 的家，John 在门口接应我们。谁让他们家就在学校操场边上呀，二十米外就是 Ann 的办公室，得万分小心不能让 Ann 看到鬼鬼祟祟的我们。

一群人都不敢大声接电话，有的同学骑摩托车去买比萨、炸鸡，有的去拿预订好的蛋糕，有的用彩带布置房间，系主任也拎着几十杯奶茶来到 Ann 的家。眼看就要到下班时间，可出门买食物的同学还没有回来，房间也没有布置好，必须想办法拖延 Ann 回家。John 按照我们的吩咐打电话给 Ann："你晚会儿再回家，到时候我们出去吃饭。”

“为什么？为什么我不能回家？”听筒那边 Ann 有些生气。

“嗯，我还没有到家，一会儿我回来了再一起去吧。”John 按照千教给他的话在编。我们一群人在旁边大气不敢出，心想 Ann 千万不要此时就回来呀。

“好。”Ann 不太开心，挂了电话。

砰砰砰，有人敲门，是来参加聚会的学校老师，女老师一边换鞋一边说：“我看到 Ann 去旁边的公园啦，她看起来心情不好。”

“她会开心的。”John 说。

一群人上蹿下跳匆匆忙忙布置，忙得丁零当啷脚打后脑勺，终于妥当，John 打电话给 Ann：“你可以回来了。”

“好。”Ann 的声音听起来还是无精打采，她大概是在生气，为什么 John 只字不提她过生日的事情，肯定是忘记了。

把风的同学从窗户缝里偷偷往外看：“来了！进楼门了！上来啦！”

关灯，John 站在门后捧着蛋糕蜡烛，同学们手中握紧喷花彩带，随时准备发射，一秒、两秒……几乎听得到怦怦心跳。有钥匙插进锁孔的声音，吱——门开了。

“Surprise!!”

嘭嘭嘭，彩带冲着 Ann 飞过去，屋内忽然灯火通明，John 手捧蛋糕走向愕然的Ann。“生日快乐！”所有人拍手唱起生日快乐歌。Ann张大嘴巴站在门口，双手捂在胸前，钥匙还没来得及放下，瞪大眼睛环顾屋内，继而笑了：“哇哦。”John走上前，和Ann来了一个深情热吻。我们在屋内拍手，尖叫，闹成一团。

“这是谁的主意？噢，太棒了，谢谢你们。”Ann开心地向每个人打招呼，“噢，你也来了，太棒了。”

John依旧默默笑着，并不多言语，去厨房拿碟子给大家分发蛋糕。所有人随意坐在地上，啤酒、奶茶、比萨、蛋糕，各取所需。台湾女生阿呆索性把拉拉队用的穗子当草裙套在腰间，比划着周杰伦经典的三个手指的姿势，YOYO就扭起来，把Ann笑得前仰后合。

正闹着，阿呆看看手表，示意大家安静，对Ann说：“还有更大的惊喜哟。”

Ann挑起眉毛：“还有？”

阿呆打开准备好的大收音机，传出浑厚的男声，是台湾当地一个英语音乐节目。只听得那男声说：“今天是世新大学教师Ann的生日，Ann来自美国……那么，我现在就拨通Ann的电话，让我们一起祝她生日快乐吧！”

Ann站在收音机前，瞪得眼珠子要掉出来，嘴巴张得好大，只会说一个字：“噢，噢！”立刻，Ann衣袋中的手机响了，她拿出手机：“噢！”跑到阳台去接电话。我们一群人挤在收音机前，听Ann和主持人对话，John 依旧笑眯眯地站在屋角，和蔼地看着像一群鸭子一样头挨头凑在一起的我们。

主持人用英文说：“怎么样，在台湾适应吗？喜不喜欢这里？……是你的学生为你点歌的，他们说你是非常好的老师，他们很喜欢你……”

收音机中传出 Ann 激动的声音：“噢，噢，我就知道是他们……”说着说着有点儿哽咽起来。

我们挤在一起，低声惊叫：“听啊听啊，Ann 哭了。”每个同学都激动万分。

挂掉电话，收音机里传出大家给 Ann 点播的歌曲，Ann 从阳台走进来，挨个拥抱我们：“噢，谢谢，谢谢你们。”大家纷纷递上给 Ann 准备的生日礼物，Ann 每打开一个就要欢呼：“噢，太棒了，真美，我好喜欢！谢谢你。”继而又是大大的拥抱。大家吃吃喝喝又闹起来。

坐在沙发上的 John 问我：“你来自大陆对吧，可以请你帮忙吗？”

“当然，什么事？”我手里还拿着咬了半块的比萨。

John 起身从书架上拿下来一本书，英文的，像是人物传记。“这是写我曾祖父的书，他在 19 世纪去过大陆，在那儿住了五十多年，我奶奶也在那里出生，我想去大陆看看，我不熟悉那里，你能帮助我吗？”

我大概听明白了，他的曾祖父是传教士也是医生，能有传记的人一定很了不起，更何况是在清朝的时候来的中国。我说：“好，没问题，你尽管说。”

围坐在 Ann 身边的同学喊我：“一起来聊天吧。”

“你们聊吧，我跟 John 说会儿。”我记下 John 提到的几个地名，打算回去搜集好资料再翻译给他，能帮助外国人多了解中国，我太高兴可以有这样的机会了。

因为我要坐校车回山上的会馆，便提前告辞，再次祝 Ann 生日快乐，告诉 John 我会发邮件给他。这个热闹而短暂的惊喜生日会，不仅仅是我来台湾后第一次参加，也是人生中的第一次。这次台湾之行似乎变得更有意义。

Dear 大牛：

我给John安排的中国内地之行貌似超出了他的预期。那天他找我问北京有哪些好玩的地方，可是我说得糟透了，几乎每个古迹的名字，我都不确定它的英文要怎么说，更别提讲它的历史了，吭哧吭哧一个小时只剩大眼瞪小眼。回去之后我马上借助网络整理好这些信息，包括标注好的地图和英文链接，都发给了John。同时出乎我意料的是，为了方便他在北京的出行，我联系了北京的老师，结果热情的老师不仅安排同学们带他出游，知道他是《华盛顿邮报》前编辑后，更力邀他给全系同学做了讲座。

John回来后和Ann一起答谢我，请我吃了正宗的日本料理，价格不菲哦。并且送给我一本英文书和台湾著名的春卷包，还有一张做成磁铁的风景照，是他们在美国的家。我习惯的是学生给老师带礼物，从没遇到过老师送礼物给学生的事。

我只是举手之劳，就得到他们如此丰厚的馈赠，总觉得受之不起。收到来自老师的礼物，太值得纪念了！

20 告别

我们从小到大，要告别很多朋友。

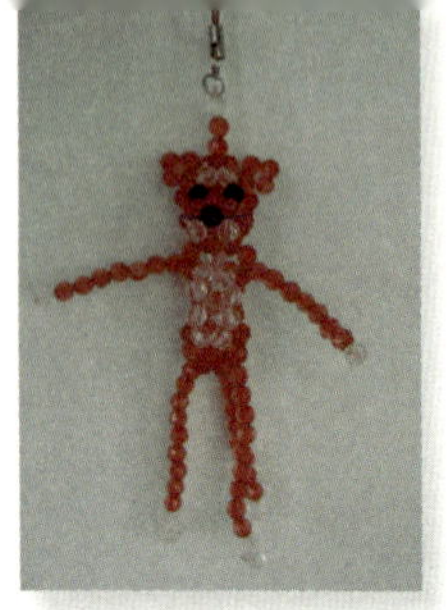

期中考试之前的日子过得优哉游哉，似乎时间长得很，一跨过期中考试这道门槛，时间哗啦啦飞走，转眼就是期末考试，再转眼就是告别。

我从没想过自己会掉眼泪，毕竟经历过小学、初中、高中、大学，那么多次毕业离别，再说在台湾也只有一个学期的时间，怎么会舍不得离开呢？

一切都从 Ann 的告别会开始。那是一个平常的午饭聚餐，同学们嘻嘻哈哈坐在桌前，插科打诨，聊着八卦。饭差不多吃好时，Ann 开口："这个学期马上就要结束，这是我们的告别会。"刚一开口，Ann 瞬间涌上泪水，亮晶晶地在眼中打转，同学们马上闭了嘴，安安静静地看着 Ann，她把在座的同学一个个看过去："我很开心认识了你们，和你们一起上课的日子非常难忘，我要回美国了，可是我非常不想离开你们……" Ann 的泪珠一串串滴落，长睫毛变得湿漉漉。我从没见过老师在学生面前掉泪，老师不都是理性而坚强的吗，怎么会向学生袒露心扉？我有点儿不知所措，Ann 却毫不掩饰，她哽咽地讲着，眼泪滴滴答答落个不停，以至于她来不及用手抹去，

Ann 索性哭出声来："我真的非常非常不想和你们告别。"身边的女生见状也忍不住抹眼泪，男生沉默不语，偷偷用纸巾拭鼻子。

我忍了又忍，眼泪还是夺眶而出。对于其他同学而言，这只是一场散了的筵席，可是我不仅要离开他们，我还要离开台湾，不知道什么时候才会再踏上这片土地。这样一想，便更觉悲伤。Ann 让每个同学都做最后的告别发言，轮到我时，已然哭得不能自已，数次张口却说不出话来，唯有泪千行。Ann 上前和所有的学生逐一拥抱，不论男生女生到了她的怀里都哭得更厉害，高大的 Ann 俯身抱着每一个学生，像抱着小孩子一样，紧紧搂住，贴在耳边说："我会想念你的。"我一共选修了 Ann 的三门课，所以参加了三次告别会，每次都是 Ann 第一个发言，第一个哭。即使来之前我下定决心不再哭泣，参加完告别会还是哭成桃子眼，又红又肿。

阿聪忍不住抱怨："你也要走，心源也要走，为什么啊为什么？你们别走了，别走了。"魁梧的阿聪像小姑娘一样耍小脾气。

我说："阿聪，是不是你从小到大的朋友都在台北，所以你没和什么人这样告别过？"

"是啊，我一直生活在台北。"

"我们从小到大，上学都是在不同的城市，甚至不同的省，要告别很多朋友、同学，有些真的就是一辈子无法再见。你也要慢慢适应。"

阿聪绞着手指，仍旧沮丧地嘟囔："别走了，别走了。"如果他真是小姑娘，估计会哭起来吧。

在这样的离愁别绪中，我变得不舍，看到什么都想多看两眼，刻在眼里，留在心里。走出学校，要扭头看一看；走出便利商店，要多看一看；坐上校车，路过小河，驶过教堂，哪里都要多看一眼，再多看一眼。哦，还有会馆大门口的警卫伯伯，也要多看几眼啊。以前每天进进出出从不在意，现在心里都是警卫伯伯的好：他们每天早上笑呵呵送我们上校车；每天晚上在夜色中挥着橘色的指挥棒向我们道晚安；是伯伯让我知道还可以免费搭顺风车下山，连出租车和公交车都可以；是伯伯们告诉我哪里的花好看，哪家的外卖好吃……我想一定要给伯伯拍几张照片做纪念。

坐校车回会馆，下车时打开相机对准正在迎接我们的伯伯。伯伯送走前面的学生，扭头看到了我，瞪眼嘟嘴佯装生气："不要拍我啦。"

"伯伯，你每天都迎接我们回来，我回去就见不到你了，想做个纪念嘛，你就让我拍两张照片呗。"我又举起相机。

伯伯忙摆手："不要拍啦，要忘记我。"

"啊？忘记，那怎么能行，就拍两张行吗？"我不理解伯伯的话。

伯伯拍拍胸口："记在心里就行啦，我还没有过世，干吗要拍照纪念呀，如果看照片才能想起我，那样我会不高兴的哦。"

唉，那好吧。"伯伯晚安。"

走出去五六米远，听见身后有人叫“姑娘，姑娘！”回头一看，伯伯向我招手：“姑娘你跟我来一下。”

我跟着伯伯走回门卫室，他拉开抽屉，拿出一个串珠做的粉红豹：“姑娘，这才叫纪念。”伯伯把粉红豹放进我手里。这是一个珠子串成的挂饰，晶莹剔透。“这是您做的吗？”

伯伯微笑点头。

真难以置信，和店里卖的没两样：“您还会手工？男生通常都不会这些的啊。”

伯伯笑了，大眼镜片后面的眼睛眯成一条线，眼角爬满皱纹：“那是他们没有尝试啦，我在中学的时候就会做这些，当初是跟我姐姐做，现在我姑娘的手工，缝东西啊什么的都是我在做。”

“唉，我回去之后不知道什么时候才能见到您了。”我鼻子一酸，眼睛又红起来。这两天实在是哭太多，一想到离别就忍不住眼泪。

“姑娘啊，你要把这边的都忘记，你的舞台不在台湾。记住，你的世界在你的眼前，而不是脑袋后面，要向前走。”伯伯的语气坚定而沉稳，末了又微笑，“这几天更要注意安全，证件都放好，每次总有丢证件的学生。快回去吧，晚安啦姑娘。”

拿着伯伯送的串珠粉红豹一步三回头，伯伯远远地挥舞着指挥棒，茫茫夜色中发出温暖的橘色光芒。是啊，纵然万般不舍，还是要向前走。台湾，我就要这样离开你了吗？

Dear 大牛：

刚来的时候觉得一个学期好漫长，要走的时候又觉得时间很快。几个月前，我在捷运里看到有人拿竖版繁体字书，感到大为吃惊，像是古人在念竹简，现在我也习惯了念这样的书；刚来的时候台湾同学在台北骑摩托车载我，把我吓个半死，现在我也学会了骑摩托车。不知不觉，台湾生活就留下许多印记。

在Ann的告别会上，许多台湾的同学老师都送她礼物，连校长也来告别。我本来也想送礼物，他们是非常难得的好老师，可是我没有从大陆带任何可以作为礼物的东西，买了台湾本土的礼物又觉得没有意义，最终什么都没拿出手。但没有料到，John竟然送了我礼物！用精致纸袋包好的一本英文书，这让我更不好意思，你说我是不是很失礼？John说他不在意我有没有送礼物，因为我就是最好的礼物。听到这话，我眼泪立刻决堤。John和我拥抱，他叮嘱我一定要保持联系，还说我会有作为的。这是我听到的来自老师最高的评价，Ann和John对学生总是不吝溢美之词。

听丁丁说，警卫伯伯做了好多粉红豹送给交换生。我没做过串珠，不知道做这样一份礼物要花费多少时间和精力，但能够想象已两鬓斑白的伯伯戴着老花眼镜做串珠的认真模样。

正是遇见了许多像他们一样重情义的可爱的人，才令我对台湾更依依不舍。

21 回到北京

只想轻轻地说一句：

“好久不见，我很想念你。”

广播里传来空姐的声音："女士们、先生们，我们已经到达北京国际机场……"乘客纷纷起身收拾行李，几个交换生同学迫不及待打开手机："中国移动有信号啦！"呵呵，彼此相视而笑，不管舍不舍得离开，我们终究是回来了。

机场门口排着上百辆的士。"嘿！您去哪儿？"的士司机嘹亮的一嗓子，浓浓的京腔。好亲切的声音！虽然我不是北京人，但这瞬间的感觉竟像是回了故乡。

"师傅，去定福庄儿！"喊出这么一句京味儿的话，心忽然就敞亮起来，好久没这么说话了。过去的几个月不自觉地低声低语讲话，即使再刻意淡化口音，每每一开口还是被说"你是大陆人"，身在异乡的感觉极其明显。这会儿扯着嗓子讲四平八稳的北京话，那种畅快是我未曾预料的，就差唱上一句"我胡汉三又回来了！"

摇下玻璃窗，干热的风呼呼啦啦吹进来，灰白色的天空没有一丝云，道路是双向八车道，车流密密麻麻，刷刷地从身边擦过，路旁是成排的白杨树，浓绿的叶片在风中翻滚。丁丁不停地打电话："喂，妈妈我回来了……姥姥，我到北京了不用担心……"我们的车子被堵在车流中，缓慢挪动。司机不耐烦地按喇叭，嘴里嘟囔着牢骚话。突然间有些恍然，我离开过这里吗？那感觉似乎是我一直都在北京。那台湾呢？变得有点模糊而不真实，像梦一样。

丁丁收起电话："妞儿，一会儿想吃什么饭？"

"嗯——辣的，吃辣的！是辣的就行。真想死我了！"

丁丁两眼放光："那，麻辣香锅？"对了，她才是个辣椒控呢，吃菜都要加"蘸水"（西南特色，以辣椒为主的调料），应该比我更想念辣椒吧。

卸下大包小包的行李，叫上同学，直奔离学校最近的麻辣香锅店。"老板，要加麻加辣！"面对硕大一盆辣椒两个人都口水直流，胃总是很思乡。

"来，干一杯！"丁丁举起啤酒，"妞儿啊，我觉得台湾好像梦一场。"呵，原来我们想到一起去了。应该是台湾太美好了吧，美得像梦一样。

塞满一嘴的菜，我辣得呼哧呼哧喘气："丁丁，那你会想回台湾吗？"

丁丁摇晃着手里的酒杯："我还心心念念地想着台啤呐。"才刚回来不到一个小时，我们就开始怀念在台湾的生活。说来也怪，那么一个小小的岛，怎么有这么多让人放不下的人和事。之前总听别人说，台北是个温情城市，在那里的时候不觉得，离开了才发现确

实如此。

同学斜着眼睛看我们，一脸疑惑：“台湾，真有这么好吗？”

“好！”我和丁丁异口同声，“真的好！”

“那，那你们俩什么时候统战了台湾啊？”

“嘿嘿……”我俩相视一笑，这笑有些无奈又有些欲言又止，“来，喝酒喝酒。”去了台湾，才知道这个问题有多么复杂，已经不是之前以为的“收复”二字这么简单，而没有去的同学们当然还是那样的想法。添酒、夹菜，大家久别重逢，说点轻松欢乐的话题吧。

吃完饭，开始派发礼物，给同学的、朋友的、老师的、家人的……丁丁去找她的好友，我去找表妹。

表妹住在天津，坐京津城际动车只要半个小时的车程。坐在我邻座的是一对老夫妇，棉布长裙，精致妆容，好熟悉的装扮。之前总听台湾同学说大陆人和台湾人长得不一样，一眼就分得出来，可眼前的他们分明和台湾人一样，我们这也没有区别呀。正想着这些，两个人一开口，竟是日语。这，好吧，意料之外但也算意料之中了。

出了车站，热情的天津司机招呼我：“节节（姐姐），您介（这）是去哪儿？”得，在台湾整天被叫“妹妹”，回来就换成“姐姐”了，文化差异还真是有趣。

“啊，大姐！”表妹老远就欢呼着冲过来，“你终于回来了！”一把抱住我。她拉起我的手，上下打量：“啊，你剪头发了。啊，你怎么这么黑？哈哈哈黑妞！”

“想我了吧？我说你怎么还是那么瘦，也没有吃胖点儿。”我捏着她细细的手，“有钱人才能去海边晒黑呢，我这是有钱人的小麦色！懂不？”

“嘿嘿，黑妞，黑妞。”

“好烦哎你，走啦，回家。”把一大包礼物塞到她怀里。

“大姐，大姐，快教我台湾人怎么说话。”

她还真是惦念这个，一心想要像隔壁班台湾女生那样嗲嗲地讲话。我跟她说，在台湾呀，女孩子被叫做“妹妹”，男孩子被叫做“弟弟”，发音要拐弯，妹妹是“美眉”，弟弟是“底迪”，妈妈是“马麻”，爸爸是“把拔”。

表妹拉着我的手，有样学样：“姐节，我好喜欢你的啦！”嘿！这小妞！

晚上我们聊到很晚，我跟她讲台湾的风景，讲台湾的同学，讲我上的课，讲大陆人和台湾人的不同，虽然是关着灯躺着，我也能感觉到她睁着大眼睛，听得起劲。讲累了，我拿出手机：“给你放歌听吧。哦，对，你看这个htc是在台湾买的。”手机上的歌曲都是在台湾下载的，很多是当时第一次听到。

漆黑的夜里，飘出轻轻袅袅的歌声。我们俩都没有说话，静静地并排躺着。前奏一响起，时光哗啦啦倒回，仿佛自己还在会馆。

慢慢地，有泪水从眼角滴落，一颗，又一颗。我也不知道为什么，成串的眼泪就这样突然倾盆而下，歌声唤起回忆，眼前全是在台湾认识的每一张笑脸。在台湾的你们是不是每天还在经过北投的小路？是不是在公馆前的街道上骑摩托车？是不是在看兰屿的海和月亮？离开台湾的你们呢，回了美国的家吗？在香港还是已经离开？踏上去芬兰的旅途了吗？我们就像蒲公英，一吹就散了。散在地球的各个角落，再相聚，是否后会有期。

我以为自己是勇敢向前冲的白羊座，匆忙地挥手告别，奔向未来，不在意身后的风景。中学毕业、大学毕业、研究生同学告别，并不曾悲伤。以为生命就是一条奔涌不回头的河，相遇、离别都是必然。但当听到熟悉的旋律，我知道有些想念被刻在了记忆里，不再想向前冲，只想回头去重温那段不长不短的相遇。若是很久之后有缘能再相见，只想轻轻地说一句："好久不见，我很想念你。"

Dear 大牛：

这是最后一封信了，我在台湾四个半月，想你一百四十七天，终于可以见到你了。我变黑了，头发也剪短了，你呢，有没有长胖或是变瘦？我很舍不得离开台湾，那里非常好，人好、风景好。回来之后又要生活在大都市，应该看不到这样的蓝天白云，满天繁星了吧，上学路上也看不到蝴蝶和青蛙了。

其实风景倒是其次的，我舍不得是因为舍不得那里的人。我知道自己并不是性格外向喜欢交友的人，自己也不明白为什么，在台湾竟然交到这么多好的朋友。

下次我们一起去台湾吧，我要带你重走我走过的地方，带你看美丽的风景，给你介绍我在台湾的朋友。我想你也一定一定会爱上台湾的。那你要好好工作努力挣钱哦，为了这个目标奋斗吧！

想你！

40

图书在版编目（CIP）数据

请问101在哪里？：一个北京女学生的爱台湾游学记／张昊著．—南京：译林出版社，2014.1
ISBN 978－7－5447－4494－2

Ⅰ.①请…　Ⅱ.①张…　Ⅲ.①随笔－作品集－中国－当代
Ⅳ.①I267.1

中国版本图书馆CIP数据核字（2013）第231321号

书　　名　请问101在哪里?:一个北京女学生的爱台湾游学记
作　　者　张　昊
责任编辑　陆元昶
特约编辑　冯旭梅
出版发行　凤凰出版传媒股份有限公司
　　　　　　译林出版社
出版社地址　南京市湖南路1号A楼，邮编：210009
电子信箱　yilin@yilin.com
出版社网址　http://www.yilin.com
印　　刷　北京外文印务有限公司
开　　本　787×1092毫米　1/32
印　　张　8
字　　数　120千字
版　　次　2014年1月第1版　2014年1月第1次印刷
书　　号　ISBN 978－7－5447－4494－2
定　　价　32.80元